나의 해방일지

2

일러두기

- 이 책은 박해영 작가의 드라마 대본 집필 형식을 존중하여 원본에 따라 편집하였습니다.
- 드라마 대사는 구어체인 점을 감안하여, 어감을 살리기 위해 한글 맞춤법과 다른 부분이라 해도 그 표현을 살렸습니다.
- 쉼표, 마침표 등과 같은 구두점과 대사의 행갈이 방식 또한 작가의 의도를 따랐습니다.

My
Liberation
Notes

나의 해방일지
2

박해영
대본집

용어정리

INS.(insert)	화면과 화면 사이에 끼워 넣는 삽입 화면.
#(scene)	씬(장면). 같은 장소, 같은 시간 내에서 이루어지는 일련의 행동이나 대사가 한 씬을 구성한다.
E(effect)	효과음. 화면 밖에서 들려오는 소리나 대사.
F(filter)	전화기 너머로 들리는 목소리나 속엣말.
OL(overlap)	오버랩. 앞 화면에 뒷 화면이 겹쳐지며 장면이 바뀌는 기법. 또는 한 사람의 대사가 끝나기 전에 다른 사람의 대사가 맞물리는 것.
컷 튀고(cut to)	하나의 장면에서 다음 장면으로 넘어감.
몽타주(montage)	여러 장면을 하나로 배합해서 일시적으로 보여 주는 편집 기술.

차
례

인물관계도

염제호
삼 남매 아버지

곽혜숙
삼 남매 어머니

염창희
둘째 | 편의점 본사 대리

염미정
막내 | 카드회사 계약직

오두환
동네 카페 사장

박상민
전략기획실 부장

지현아
프리한 영혼

소향기
행복지원센터 팀장

석정훈
초등학교 교사

구씨
외지인

염기정
첫째 | 리서치회사 팀장

조태훈
경영법무실 과장

동창

삼 남매

부녀

조희선
태훈 첫째 누나

자매

조경선
태훈 둘째 누나

조유림
태훈의 딸

5

EPISODE

"돈 생겼는데, 혹시 먹고 싶은 거, 나 구써."

1.   밭 (낮)

미정의 모자가 바람에 날아 개울을 건너가고.

"있어"라고 말하고 일어나는 구씨.

멀리 개울을 보며 서 있던 구씨가 달리기 시작하고, 멀리뛰기로 개울을 건너가고.

식구들은 모두 어안이 벙벙해서 보고.

그런 식구들 주변으로 바람이 분다.

구씨가 모자를 주워 들고 다시 이쪽으로 멀리뛰기 하고, 미끄러지며 착지.

멍하니 보던 혜숙은 살짝 몸서리.

혜숙   소름 끼쳐라. 왜 소름이 끼치냐. (또 움찔)

제호가 구씨를 예사롭지 않다는 시선으로 보는데,

구씨는 모자를 툭툭 털며 오고. 동선상 가까이에 있는 창희에게 건넨다.

창희는 미정에게 건네고.

그 모자를 쥐는 미정의 손.

모두들 얼빠져 구씨를 보는데,

구씨는 계면쩍은지 아무렇지 않게 일을 시작하고.

제호도 짐짓 일을 시작하고. 미정도 모자를 쓰고 일 모드로.

창희는 초롱초롱해서 일은 건성으로 하며,

창희 형, 일반인 아니죠? 그죠? 형, 국가 대표였죠? (구씨를 보며 움직
     이다가 삐끗하고) 아니 이런 사람이 왜 열무를 뽑고 있어요?

     구씨는 말없이 일만 하고, 미정은 쳐다는 보지 않지만 구씨가 신경
     쓰이고.

2. 동네 일각 (낮)

일을 파하고 뿔뿔이 흩어져 돌아가는 식구들의 뒷모습.
새참으로 먹은 그릇을 챙겨 가는 혜숙은 저녁 준비 때문에 마음이 바
빠 부랴부랴 앞서가고. 그 뒤에 뚝 떨어져서 벌건 얼굴로 가던 미정은
먼 산 보는 척하며 구씨를 한 번 돌아보고.
제호는 가면서 영근 호박이 있나 수풀을 뒤지고, 호박을 비틀어 따고.
창희는 구씨가 달리기 시작했던 지점에 비장하게 서 있다. 그러다가
구씨를 흉내 내듯 전속력으로 달리고. 개울에 다다라선 뛰어오르는
척 제자리에서 훌쩍. 그러고는 개울을 보고 서 있다가, 뒤돌아 구씨를
따라 달리고. 제호가 길가에 따놓은 호박을 두 개 들고 간다. 제호가
수풀에서 올라와 나머지 들고 가고.
창희는 양손에 호박을 들고 달려 강아지처럼 구씨를 따라붙는다.
구씨가 집 쪽으로 꺾어지자

창희 씻고 오세요.

호박을 양손에 들고 공 체조처럼 이상한 움직임을 하며 가는 창희. 이
상하게 신난다.

3.   구씨네 앞 (낮)

구씨가 앉아서 천천히 운동화를 벗고, 양말을 벗고, 발에 감긴 거즈를
조심히 풀고.
바람에 말리듯이 있는데, 제호가 호박을 들고 지나가며,

제호   얼른 씻고 와.

구씨가 다리를 오므리며 답하는 뉘앙스를 풍기고.
제호가 가고 나면 다시 풀어져서 가만히 쉰다.

4.   집. 마당 (낮)

평상에서 이른 저녁을 먹는 식구들과 구씨. 말없이 성실하게 먹는 식
구들. 제호는 구씨가 비운 소주잔에 담금주를 따라 주고. 구씨는 정성
스레 받고. 혜숙은 먹으며 누군가를 조용히 흘긴다. 보면 기정이 챙이
넓은 모자를 쓰고 있고, 눈 밑은 더 퍼래졌고.

혜숙   밥상머리에서 모자는…

기정   햇빛 보면 안 된다고…

혜숙   멀쩡한 눈에다… 돈 들여 박색 되느라 애쓴다…

그렇게 먹다가 혜숙은 바닥을 보이는 구씨의 오이냉국 그릇에 시선
이 가고. 미정에게 손짓하면, 미정이 구씨의 국그릇을 집어 혜숙에게
넘기고. 혜숙은 오이냉국을 담아서 다시 미정에게. 미정은 다시 구씨
자리에. 그러는 동안에 창희는 핸드폰을 보며

창희   헐… 구씨 성을 가진 육상 선수가 이렇게나 많다니. 혹시 이름
        을 오픈하실 생각이?

구씨   (먹기만)

창희   (검색된 이름을 하나하나 불러보며 구씨 표정 살피는) 구진서. 구자윤.

구씨   …

창희   이러다 이제 진짜 이름 나온다. (또) 구자경.

혜숙   그냥 먹어.

창희   구창모. (헉) 구창모? (헉) 내가 구창모를 알다니. 모른 척해야
        돼. 난 모른다 난 모른다. (또 불러보는) 구윤회.

혜숙이 창희를 흘기고, 구씨는 상관없이 먹고, 역시 성실하게 먹는
미정.

5.   동네 일각 (낮)

구씨가 집 쪽으로 가는데, 창희는 들떠서 구씨를 쫓아가며

창희   형은 육상이랑 너무 어울려요. 원래 혼자서 자기 한계에 도전하
       는 사람들이 고독한 면이 있잖아요. 주 종목이 몇 미터예요?
       800?

구씨가 지친 듯 돌아본다.

구씨   쉬자.
창희   네.
구씨   할 말이 없다. (그래서 그래.) 들을 말도 없고.
창희   네.

가는 구씨를 여전히 뿌듯한 시선으로 보는 창희. 아쉬운 듯 돌아보며
가는데, 저 멀리 두환의 오토바이가 온다. 뒤에는 정훈이 타고 있고.
짐 보따리가 있다. 그런데 카페에 서지 않고 쭉 온다.

창희   어디 가?
두환   니네 집 간다.

창희를 지나쳐 쭉 가는 오토바이. 창희도 집 쪽으로.

6.   집. 마당 (낮)

미정과 기정은 밥상이며 이것저것 들고 집 안으로 들어가고, 창희와
두환은 평상을 들어 움직이고, 혜숙은 정훈이 건네는 보따리를 받고

혜숙   뭘 우리까지 챙기냐, 미안하게. 잔치는 잘 했고?
정훈   네. 다들 먹고 일어났어요.
혜숙   아우 엄마 한참 치우시겠네.
정훈   다 같이 치우고 일어났어요. (담벼락 쪽으로)
혜숙   니들 가고 나서도 한참이야. (집 안으로)

7.   집. 담벼락 (낮)

창희와 두환이 평상을 집 옆 담벼락으로 대는데, 기정이 (자매 방 쪽)
벽으로 난 창문으로 내다보며,

기정   왜 또 이리 갖다 대. 시끄럽게.
두환   (작게) 아버지 계시는데 마당에서 어떻게 술을 마셔요. (하다가
        기정을 보고 놀라) 얼굴이 왜 그래요?
기정   공사 중이야. (안으로 들어가고)

8.　집. 거실과 주방 + 집. 담벼락 아래 평상 (낮)

　　#주방. 창희는 술이며 잔이며 이것저것을 챙겨 쟁반에 놓고. 미정은
　　식탁에 풀어헤친 보따리에서 잔치 음식을 덜어 쟁반에 놔주고. 혜숙
　　은 주방을 치우고, 기정은 오며 가며 잔치 음식을 주워 먹고.
　　#평상. 창희가 쟁반을 들고 나오고.

두환　　(크게) 누나 나와요!

　　#주방

기정　　(크게) 술 마시면 안 돼. 멍 뺄래면.

　　#평상

두환　　(작게) 눈에다 무슨 짓을 한 거야?
창희　　내가 아냐.
정훈　　눈이 왜? 어떤데?

9.　구씨네 (낮)

　　노곤하게 소파에 누워 있는 구씨. 시선은 TV에 있으나 점점 눈꺼풀
　　이 무거워지고, TV 소리가 점점 멀게 들리고, 서서히 눈이 감긴다. 세

상 편안한 느낌…

10.   동네 외경 (밤)

귀뚜라미가 우는, 조용한 한여름 밤.

11.   집. 담벼락 (밤)

한구석에 모기향 피워져 있고. 얼큰하게 취한 창희, 두환, 정훈.

창희   갑자기 달리기 시작하는데… 그때부터 지렸다. 감이 오는 거야.
      저길 뛰어넘겠구나. 넘더라… 휘리릭… 종잇장 날아가듯이…

정훈   연습하면 다 떠.

창희   너 떠?

정훈   떠!

창희   웃기고 있네.

정훈   뛰면 얼마 줄래?

창희   일주일 내로 뛴다에 50.

정훈   일주일 갖고 되냐?

창희   그럼 한 달 내로 뛴다에… 30.

정훈   (피식 외면하듯이 술을 마시고)

창희   못 떠 새꺄. 오늘 날 진짜 뜨거웠거든. 머릿가죽 벗겨지는 줄 알

앉거든. 인간 염창희가 열무 뽑다가 디지는구나. 열무는 뭐고, 나는 뭐고, 태양은 뭔가… 정신이 오락가락하는데, 구씨 뛰는 거 보자마자 정신이 번쩍 드는데… 햐… 나 같으면 만나자마자 보여줬을 기술을 1년을 숨겼다가… 자신의 멋짐을 숨길 줄 아는 남자가 진짜 멋진 남자지. 내가, 구씨, 한 방 있을 줄 알았어. 얼굴에 근수가 나가 보였어.

두환   근수 나가는 얼굴은 어떤 얼굴이냐?

창희   있어. 그런 얼굴. 니 얼굴하고 내 얼굴은, 그냥 얼굴이 말해. '뭐 없습니다. 보이는 게 전붑니다.'

두환   야.

창희   (OL) 야. 우리가 나아. 얼굴은 뭐 있을 것 같은데 아무것도 없는 인간이 더 홀딱 깨. 우린 홀딱 깨진 않아. 그냥 보자마자. 좀. 깨. (정훈) 이 새끼. 알지? 동창회 나가서 모르는 여자애들 나오면 꼭 폼 잡는 거. 갑자기 말도 없어지고. 얘가 또 폼 잡으면 있어 보여요. 그래서 여자들이 꼭 따라붙잖아. 몇 번 만나고 나면, 얘 근처도 안 가잖아. 다 피하잖아.

정훈   야. 그건 아니다.

창희   아니긴 뭐가 아냐 임마. 너 그거 병이야 임마. 사람을 처음 만날 땐 기대 심리는 저 바닥에 놓게, 아무것도 없는 척하고, 그 다음 에 하나하나 까줘야지. 그러다가, '아, 이것을 발견하셨습니까? 아, 그렇군요. 이게 제 매력이군요. 저도 몰랐습니다.' 이래야지, 애새끼가 순 허세로, 있는 척.

정훈   그럼 어뜩하냐?

창희   없는 척하라고 임마!!

정훈   (장난으로 욱) 진짜 없잖아!!

창/두   ··· / (낄낄낄)

정훈   아무것도 없잖아!

창희   ··잘 찾아보면 있어. ··여자한테 찾아달라고 해. 걔가 알아서 숙
         제한다.

두환   (크게) 미정아! 다이어트하니? (왜 술 안 마셔?)

12.   집. 거실과 주방 + 담벼락 (밤)

식탁에 앉아 잔치 음식을 손으로 집어 먹고 있는 미정.

미정   (크게) 어.

두환   그래. 열심히 해라. 다들 이뻐져야지.

미정은 슬쩍 구씨네를 본다. 구씨네 앞에 구씨가 없다. 불은 켜져 있
는데.
혜숙은 물을 끓이고 국수를 꺼내고, 국수 삶을 준비.
그때 제호가 에프킬라를 흔들고 뿌려보는데 안 나오고.

제호   쎄 거 없어?

혜숙   (보고는) 맨날 산다 산다 하고.

미정   갔다 올게요. (핸드폰과 지갑 챙기러 방으로)

혜숙   이 밤에 뭘 나가. 됐어. 내일 사.

13.　동네 일각 (밤)

미정은 불 켜져 있는 구씨네 앞을 무심히 지나치고.

14.　동네 일각 (밤)

큰길. 가로등도 별로 없는 어두운 길. 슬리퍼를 질질 끄는 소리. 미정
은 혼자 되자 텅 빈 얼굴.

미정　왜 슬플까? …왜 슬프지?

그렇게 걷다가 이유를 찾았는지, 원망의 시선으로 구씨네를 돌아보고
는 다시 가며

미정　오다가 말아. 맨날 오다 말아.

그렇게 가는데, 그때 떠오르는 단상.
[INS. 현아: "난 갈망하다 디질 거야. 넌 절대 갈구하지 마."]
걸어가다가 자기암시를 걸 듯…

미정　나는 큰사람이다. 사랑을 갈구하지 않는다… 나는 큰사람이다.
　　　사랑을 갈구하지 않는다…

그렇게 걸어가는 미정.

15. 집. 담벼락 아래 평상 (밤)

창희   맨날 집 앞에 앉아서 뭐 보냐니깐… (의미 있게) 산 본대.

[INS. 집 앞 테이블에 앉아 정면을 응시하는 구씨. 맞은편에는 산.
테이블에는 소주와 잔만 있고. 그 산을 잠잠히 보는 구씨]

창희   (E) 1원짜리를 77억 개 쌓으면 저 산만 하대.

구씨와 비슷한 표정으로 산을 보고 있는 창희로 넘어오고.

두환   77억 개를 왜 쌓아?

창희   (깨는) 감 안 오냐? 아… 난 무슨 말인지 바로 알아들었는데.
77억!!

두환   77억이 뭐어?

창희   세계 인구 임마! (잘 들어) 나를 1원짜리로 놓고 봤을 때, 77억
개면 5천 톤 정도, 저 산만 하단다. 1원짜리로 치환하고 보니까
한눈에 확 들어오잖아. 세계 인구와 나!

두환   …근데?

창희   아씨… (이걸 또 설명해야 되나) 내가, 죽기 기를 쓰고 살고 있잖
니. 근데. 저렇게 쌓여 있는 1원짜리 산에서, 1원짜리 날 찾을

수 있겠니?

두환   …나라별로 분리해 놨겠지!

창희   아씨… 그만하자.

두환   (욱) 왜 못 찾아? 우리가 뭐 산처럼 쌓여 있어?

창희   그게 아니잖아, 임마!!

정훈   (OL) 그만해라, 구씨 얘기! 알콜중독자가 한 얘기 갖고… 넓이
       뛰기 한번 멋지게 했나 부다…

창희   (머쓱해서 이마를 쓸어 올리고) 얼마나 인생이 별 볼 일이 없으
       면… 시커먼 남자기 넓이뛰기 한 거에 종일 설레고… 김연아가
       뛴 것도 아니고… 태어나서 희열, 쾌감, 황홀… 이런 걸 경험해
       본 적이 없다. 2002 월드컵 때 잠깐. 그 뒤로 전멸. (다시 목소리
       커지는) 그래서 내가 목청껏 떠드는 거야. 마아악 떠들다 보면
       희열 비스꾸무리한 뭔가 나온다.

       그때 혜숙이 창문에서 나타나고. 셋은 살짝 놀라고.

혜숙   으유… 받어.

       비빔국수가 담긴 양푼과 개인 접시 네댓 개를 넘기고는.

혜숙   나이만 먹었지, 어떻게 이 담벼락 아래서 소꿉장난하던 때랑 똑
       같냐… 덩치만 커졌지 병뚜껑에다 풀 뜯어 놓고 드세요 마세요,
       하던 때랑 똑같애.

셋   …

혜숙   때 되면 짝 맞춰 결혼해서 아이 낳고 애들 크는 거 보면서, 그렇
        게 흘러가야 되는데, 요즘 것들은 내 새끼나 남의 새끼나 때를
        모르고 그냥 주구장창 혼자 늙어가니… 소꿉장난할 때랑 다른
        게 있어야지. 지겨울 거다. 내가 봐도 그렇다.

셋   (머쓱해서 가만히)

혜숙   (들어가려다가) 애를 낳아봐. 안 먹어도 배불러. 매일매일이 황홀
        해. 천하무적이야. 누구도 못 이겨. 누가 이겨, 애 엄마를? 에으,
        그런 걸 모르고 사니… (들어가려는데)

창희   (차분히) 어머니. 저흴 낳고, 2,3년 짧은 희열과 환희를 느끼시
        고, 그 뒤로는… 쌍욕을 달고 사시고… (점점 고조되는) 저희한
        테 그런 인생을 넘겨주고 싶으십니까?

혜숙   미친…

창희   그럼 인간이 계속 희열을 느끼기 위해선 80까지 죽을 때까지
        계속 아이를 낳아야 된단 말씀이십니까?

        창문 쾅!

창희   덥습니다. 창문은 왜 닫습니까? 한여름에. 에어컨도 안 키는 양
        반이!

이미 비빔국수를 먹기 시작한 두환은 짜증나 미치겠어 얼굴을 감싸
쥐는.

두환   어뜩해. 또 맛있어. 배는 아까부터 불렀는데. 또 맛있어.

16. 집. 거실과 주방 (밤)

혜숙은 주방을 치우며 궁시렁… 밖에서 들리는 창희 무리의 목소리… 혜숙은 치우다 말고 벽에 걸린 사진 앞으로 가서는…

혜숙   등치만 커진 거지, 넌데. 그지?

보면, 네댓 살 정도 된 창희의 해맑은 사진. 촬영 연도와 이름이 쓰여 있고.

혜숙   너한테 뭘 바라겠니. 웃으면 좋고… 울면 왜 우나… 그르지…

애틋하게 사진을 쓰다듬는데, 그때

창희   (E) 그만 처먹어 새꺄! 양수 터져!

혜숙은 사진에서 돌아서 다시 주방으로 가며 마음을 다스리듯,

혜숙   (중얼중얼) 싸이즈만 달라졌다… 싸이즈만 달라졌다…

17. 역사 근처. 편의점 (밤)

미정은 제대로 샀나 봉지 안을 보며 나오고, 하드를 먹기 시작하며 가

다가, 벗겨진 슬리퍼를 다시 꿰신고 가고. 좀 전의 무거움과 진지함은 없고 하굣길 초등학생처럼 가볍고 단순한.

18. 동네 일각 (밤)

다 먹은 하드 막대기를 손에 들고, 그 손으로 수풀을 치며 터덜터덜. 갈 때와는 다르게, 크게 의미를 두지 않고 아래 말들을 중얼중얼…

미정   나는 큰사람이다. 사랑을 갈구하지 않는다. 나는 큰사람이다. 사랑을 갈구하지 않는다.

봉지에서 병이 부딪치는 소리. 소주를 산 듯. 그러다가 말이 없어지고. 종종종 달리기 시작한다. 저 멀리 구씨네가 보인다.

19. 동네 일각 (밤)

구씨네까지 쭉 달려가는 듯, 그쪽으로 종종종 달리는데, 20미터 전쯤에서 구씨네 문이 벌컥 열리고. 구씨가 나온다. 그러자 움찔하는 미정. 쭈뼛쭈뼛 얌전히 걷고. 이걸 어쩌지? 구씨가 미정을 지나쳐 가려는데

미정   샀는데. 소주.

구씨   !

봉지에서 에프킬라, 지갑, 핸드폰을 꺼낸 다음 봉지째 내밀고. 구씨는
이걸 어떻게 해야 되나 받아야 되나 말아야 되나.

미정   받아요.
구씨   (받고) 얼마야?
미정   됐어요. (가려는데)
구씨   …돈은 있냐?
미정   … (그런 얘긴 뭐하러) 그 정돈 있어요.

미정이 머뭇거리다가 가는데, 구씨는 그런 미정을 보다가

구씨   확실해?
미정   (돌아보는)
구씨   봄이 오면, 다른 사람이 돼 있는 거.
미정   !
구씨   너 추앙하다 보면 다른 사람 돼 있을 거라매.
미정   !
구씨   …
미정   (덤덤) 한 번도 안 해봤을 거 아녜요. 난 한 번도 안 해봤던 걸 하
         고 나면 그 전하고는 다른 사람이 돼 있던데.
구씨   … (무슨 말인지 알겠고)
미정   …

구씨	(들어가려고 하자)
미정	하기로 한 건가?
구씨	…했잖아. 아까 낮에.
미정	!
구씨	(보다가 그냥 들어가고)

여전히 무뚝뚝한 얼굴로 집 쪽으로 가는 미정. 가다가 구씨네를 돌아
본다. 다시 집 쪽으로. 그리고 다시 구씨네를 돌아보고는 정면을 보는
순간, 환해져 있는 얼굴. 가뿐하게 걸어가고.

20. 집. 마당 (밤)

가볍게 집으로 들어가는 미정. 귀뚜라미 우는 동네 풍경에, 남자 셋이
취해서 목청껏 떠드는 소리…

기정	(E, 꽥) 시끄러. 그만 마셔. 내일 출근 안 하냐?

21. 창희 회사 외경 (다음 날, 낮)

22.   창희 회사. 사무실 (낮)

창희가 노트북을 펼쳐놓고 일하는데, 아름이 옆에서 톡하며 큭큭거리기 시작.

아름   (혼잣말) 단단히 삐졌네, 이 기지배. (창희에게) 내가 말했나? 우리 조카 이번에 7급 공무원 시험 합격했다고?

창희   네에. (건성으로 대답하고 일하는. 여러 창을 띄워놓고, 다운받고, 치고, 발송하고 하는 속도가 상당히 빠른)

아름   그래서 조카 옷 사주려고 백화점에 데리고 갔는데, 점원이 우리 둘이… (웃는) 친구내. (핸드폰 뒤지며) 얘 스물일곱이거든. 나 진짜 조카한테 미안해서… 얘 지금까지 삐져가지구… (핸드폰 들이밀며) 봐봐. 나랑 조카거든. 진짜 친구 같애?

창희   네. (대충 보고 일하는) 친구 같네요.

아름   (좋은) 그으래? (도취에 빠져서 핸드폰 사진을 가만히 보는) 내가 말했나? 나 재작년에 모자 쓰고 술집 갔다가 민쯩 검사 받았잖아. 친구들이랑 다 같이 갔는데, 나만…

아름의 얘기가 이어지자, 창희가 빠르게 핸드폰 톡방에 [살려줘. 전화해줘.]라고 치고는 복사해서 정신없이 여러 방에 붙이는데, 바로 핸드폰이 울리고.

창희   (받고) 넵! 점주님. (노트북 들고 일어나며) 이 시간엔 어쩐 일로…

저쪽에 앉은 민규가 조용히 통화하며 일어나면서

민규   아… 예… 다름이 아니라 오늘 동기 모임이요…
창희   아아아. 네네네. 맞아요 맞아요. 오늘 맞아요.

23.   창희 회사. 복도 (낮)

창희가 노트북 들고 나오고, 뒤이어 민규가 나오고

창희   예예. 그럼 저녁에 뵙겠습니다.
민규   네에. 들어가세요.

서로가 전화를 끊고. 민규는 창희에게 손을 들어 보이며 화장실 쪽
으로.

창희   (손 들어 보이며, 작게) 땡큐.

창희는 쪼그려 앉아서 (노트북 놓을 곳이 있으면 서서) 노트북의 여러
창을 정신없이 왔다 갔다 하며 빠르게 일하는.

24.   술집 (밤)

기정과 원희 있는. 원희는 눈이 커지고.

원희   조경선?

기정   그래애! 조경선!

떠올려 보는 원희의 얼굴 위로,

[INS. 경선: "내 얼굴을 봐라. 안 먹은 것 같니?"]

원희   맞다 맞다. (그러고 보니까) 조경선 맞네. 근데 어떻게 우리 다 몰
       랐니?

기정   나도 몰랐어. 이름표를 보니까 조경선이야. 조경선이라고 하니
       까, 어머 조경선인 거야.

원희   (문득) 그때 그 남자!

[INS. 1화 고깃집. 태훈의 모습]

원희   미정이랑 같은 회사래매?

기정   어어!

원희   그럼 그 남자가 조경선 동생?

기정   어어!

원희   어머. 그 남자 안됐다. 어머. 어뜩하니. 애도 있는데.

기정   내 말이!! 심지어 시누가 조경선이야. 왜 이혼했는지 너-무 알

겠지 않니?

원희　(주변 의식하며) 야. 작게 말해. 또 실수한다.

기정　(작게) 언니랑 남동생이랑 셋이 같이 산대. 그 애 키우면서.

원희　셋이?? 조경선도 결혼 안 했고?

기정　당연히 안 했지!! 걔네 언니도 안 했대.

원희　어뜩하니. 그 남자, 힘들겠다. 조경선이 보통 애니? 걔 옛날에 학
　　　적부 떼러 갔다가 교무실 다 들러엎고 장난 아니었잖아.

기정　(처음 듣는 얘기)

원희　그 얘기 몰라? 걔 취직하려고 졸업하자마자 학적부 떼러 갔는
　　　데, 생활기록부에 2학년 담임이 딱 네 글자 써놨대잖아. '품.
　　　행.불.량'

기정　(헐) 대박. 걔 2학년 때 담임이 누구였지?

원희　독어. 2학년 8반.

기정　어우 독어…

원희　돈 벌어야 되는데, 취직도 못 하게 자기 앞길 막았다고, 다 들
　　　러엎고, 경찰 오고… 장난 아니었대. 걔가 하고 다닌 것도 쫌 그
　　　랬고, 서울에서 전학 왔다고 괜히 물 흐린다고 독어가 보통 잡
　　　아댔니. 그러더니 막판에 네 글자로 애 인생을 완전 조져놓은
　　　거지. 은우가 청명 야간대학 나왔잖아. 캠퍼스에서 조경선 보고
　　　'(의아) 어? 얘가… 왜… 여기에? 공부에 뜻이 전혀 없던 앤
　　　데…' 나중에 알고 봤더니, 품행불량을 가지고 어떻게 취직을
　　　하냐고, 학력을 더 만들어줘야지… (낄낄) 독어 덕분에 대학은
　　　왔다고 그러드래.

기정　(웃고) 미치겠다…

25. 술집 근처 (밤)

기정과 원희가 술집에서 나오고.
기정은 콤팩트 거울로 눈 밑을 확인하며 나오는데

원희 그래도 멍든 거 별로 티 안 난다.

기정 컨실러 무지 발랐지. (거울을 가방에 넣으며 짐짓) 경선이 언니네 가게, (턱짓) 조기 먹자골목 뒤에 있는데. 한번 가볼래?

원희 뭘 가봐. 친하지도 않았는데. (하다가) 궁금하긴 하다.

기정 맥주 한잔하고 가지 뭐.

원희 너 그때 (작게) 애 딸린 홀아비 어쩌구저쩌구한 거… 조경선이 알면 넌 끝장이야. 머리털 다 뽑혀.

기정 그 남자 말하겠니?

원희 그 애가 하겠지! 가지 마. 웬만하면 엮이지 마 걔랑.

덤덤히 가는 모습 위로…

원희 눈 밑도 그거 싸게 해준 거 아냐. 받을 거 다 받았어.

26. 지하철 역사. 플랫폼 (밤)

좀 전과 달리 무표정한 기정의 얼굴. 핸드폰을 열어서 가만히 뭔가 보고 있는. 보면, 낮에 주고받은 경선과의 톡. [기정: 그날 니 남동생한테 내가 로또 줬었는데. 어떻게 됐대? / 경선: 무슨 로또? / 기정: 그날 니 동생이 술 값만 받겠다고 해서. 미안해서 로또 줬거든. 나도 누구한테 받은 거라… 혹시 대박 쳤나 / 경선: 있어봐. 물어볼게.] 거기까지 있는 대화 창. 오전 11시 경의 톡 내용.

기정   (뚱) 왜 연락이 없어?

        뭐라고 쓸까 하고 손이 올라가다가 말고.
        핸드폰을 도로 넣고 심드렁하게 두리번거리는.

27.   태훈이네. 살림집 (밤)

        유림이 희선의 핸드폰을 봐주고 있고. 경선과 희선은 어깨 너머로 집
        중해 보고 있는. (테이블엔 종이 상품권이 있고, 그 종이 상품권을 핸드폰
        에 등록하고, 인터넷 쇼핑몰에서 사용하는 방법을 가르쳐주는 듯.)

유림   상품권 번호.
희선   (상품권 보며) 번호가 어딨어?
유림   (본인이 상품권의 금박을 긁고)
희선   어… 이거 긁는 거구나. 어… 번호 있네.
유림   (그 번호를 찍고, 계속 클릭을 하는데)
경선   (가만히 보다가) 고기 클릭.
유림   (차갑고 담담한) 아는 척 좀 하지 마.

경선   …

유림   (다시 핸드폰)

경선은 눈 내리깔고 유림을 보며, 요게 진짜. 그런데 그냥 찌그러지는 분위기.

희선   (시선은 핸드폰에) 잘 배워둬. 너나 나나, 쫌 있으면 TV도 못 켜.

그때 태훈이 들어오고

태훈   다녀왔습니다.

희선   (핸드폰과 태훈을 번갈아 힐끗) 늦었네? 밥은?

태훈   먹었어. 뭐 해?

경선   아! 나 너한테 물어볼 거 있었는데. 아, 뭐지? 까먹었다. 뭐지?

태훈   (그냥 방으로 들어가고)

경선   아 몰라 씨. (다시 유림이 핸드폰 조작하는 걸 보고 있다가 문득 생각난 듯) 아! (일어나며) 야! 조태훈!

28. 달리는 전철 (밤)

기정이 뚱하니 서서 가는데, 진동으로 핸드폰이 울리고. 살짝 기대감에 차서 보는데, 가만있는 표정. [경선: 야. 한 장도 안 됐단다.] 가만. 아씨. 김새고. 뭐라고 해야 되나 손이 머뭇머뭇. 그러다가 [기정: 한 장도?

035

5천 원도? / 경선: 어.]
또 가만히 기다리는. 더 이상 톡이 들어오지 않는다.

기정   말 참 짧다…

핸드폰을 접어버리고. 급 피곤해진 듯, 턱을 당겨 목을 위로 빼고, 고
개를 좌우로 돌리는… 스트레칭.

29.   동네 일각 (밤)

저 멀리 마을버스는 이미 떠나고 있고.
거기서 내린 듯, 기정이 뚜벅뚜벅 걸어온다.
시선은 10미터 앞에 두고 일정한 속도로 걷는데.
숨이 가쁠 속도는 아닌데 숨이 가빠 보이고, 눈빛은 휘청휘청.
두환이 보고는

두환   이제 와요?
기정   (쳐다도 안 보고, 계속 가며) 말 시키지 마.
두환   ?
기정   이 속도로 쭉 가야 돼. 멈추면… 못 가.

남아 있는 힘을 최대한 끌어모아 걷는 중. 그렇게 걸어가며

기정	노인들이… 왜 무단 횡단 하는지 알 거 같애… 멈췄다간… 못 가. 쭉 가야 돼.

사력을 다해 피난 행군을 가듯, 그렇게 집 쪽으로 가는 기정.
두환이 보다가,

두환	남은 체력을 끌어모아 모아, 늘 술을 마시고 막차 타고 들어오시는 누님! 존경합니다! 파이팅! 집까지 갈 수 있다!

계속 집 쪽으로 가는 기정.

30. 집. 주방과 거실 (밤)

휘청거리며 터벅터벅 들어와 곧장 방으로.

31. 자매 방 (밤)

지쳐 쓰러지는 기정. 눈 감고 꼼짝도 안 하고 가만히. 미정은 씻고 나온 듯 화장품을 바르고 수건을 옷걸이에 잘 널고

미정	안 씻어?
기정	…

미정   (나가고)

기정   내가 죽으면… 서울로 출퇴근하다가 죽은 줄 알아…

그렇게 있다가, 간신히 옷 안으로 손을 넣어 브래지어 후크만 풀고 또 가만히…

기정   씻겨주는 기계가 있었으면 좋겠어…

모로 누워 있는 기정. 그렇게 가만히 있는데, 누군가 안아 올리듯이 천천히 부드럽게 들어 올려진다. 보면, 로봇이 기정을 안고 화장실 쪽으로. 로봇의 어깨엔 수건이 걸려 있고. 기정의 상상인 듯. 로봇의 품에 안겨 가면서…

기정   근데… 너 남자니 여자니?

32.   술집 외경 (밤)

열댓 명의 또래들이 왁자하게 떠들고 있고, 그 틈에 있는 창희가 보인다.

33.   술집 (밤)

#얼추 술이 돌았고, 테이블마다 각자 얘기로 시끄러운 상황. 창희의
우측에 앉은 남자1이 창희에게 썰을 풀고, 주변도 집중해 듣는.

남자1   이제 돈 벌 수 있는 방법은 둘 중 하나야. 코인 할래, 유튜버 할
래?

모두   아… (김새는 탄식)

남자1   그거 말고 있어? 없어. 여기서 유튜버 할 만한 인간 누구 있어?
없지. (창희에게) 그럼 코인인 거야.

민규   코인으로 떼돈 번 사람 많단 얘긴 들었어도 실제 번 인간을 못
봤다, 내가.

남자1   보여줘? 데꾸 와? 내 주변엔 많아.

민규   이러니저러니 해도 주식이 젤 나아.

남자2   너 이번에 엘전자 주식 대박 쳤겠다?

민규   판 지 오래다 쌍. (쓸쓸)

남자1   그니까 코인이라니까. (창희에게) 천만 원만 넣어봐.

창희   내가 천만 원이 어딨냐.

남자1   너 아직도 엄마한테 월급 차압당하냐?

창희   … (그런 듯)

남자1   은행에서도 사고 친 지 5년이면 지워주는데, 아, 어머니… / 어
머니 재테크 좀 하시냐? 니 월급으로 뭐 하시는데?

창희   적금이지 뭐.

남자1   (돌겠다) 야. 가서 말씀드려. '어머니. 집값은 지금이 제일 쌉니

다. 지금 당장 집을 사야 합니다! 빚내서라도 당장 사야 합니다!!' 아… 어머니. 창희야… (답답하다)

#옆 테이블의 여자들끼리 얘기.

여자1 자기 점포 매출 떨어진다고 테이블 치우라고 지랄하는데, 누가 들으면 경쟁 업첸 줄 알 걸. 아니 같은 회사잖아. 그냥 지 껏만 있는 거야. 지 욕심만.

민규 쟤(창희), 정아름 옆자리.

모두 아… (안됐다 싶고)

민규 2년간 옆자리.

모두 아… (더 안됐다 싶고)

남자1 야. 오늘 염창희 회비 받지 마. 평생 받지 마.

#창희는 좌측에 앉은 여자 동기(다연)와 단 둘이 얘기하는 분위기.

창희 정 선배가 입만 열면… 숨넘어가게 지겨워. 싫다 싫다 하니까 써클렌즈 낀 것도 보기 싫어. 눈알에 영혼이 없어. 눈만 보면 숨이 턱 막혀. 생각하니까 또 혈압 오른다(심호흡). 일주일에 한두 번 보는 인간인데, 그 인간이 내 인생 전부를 망치는 것 같애. 사람 질리게 말이 너무너무너무 많아. (얼른) 나도 알아! 나도 말 많은 거. (술을 마시는데)

다연 …난, 니가 하는 말 다 재밌는데.

창희 …!

다연   … (빙긋이 보는)

창희   애정하는구나.

다연   니 목소리만 들리면 귀가 바짝 서. '염창희 말한다…'

창희   …진짜 애정하는구나. (쑥스러워지고. 멋쩍어 술을 마시고)

다연   왜 말이 없어? 말해봐.

창희   쑥스럽게. (잔을 비우고.)

34.   도로 일각 (밤)

"잘 가. 잘 가. 조심해서 들어가." 인사하며, 남자들 서너 명 무리와,
여자들과 남자들이 섞여 있는 예닐곱 무리로 나뉘는데, 창희가 다연
이 있는 예닐곱 무리에 끼어 간다.

민규   염창희! 너 이쪽이야 새꺄!

창희는 "아, 그런가?" 장난스럽게 다연을 힐끗 보고는 다시 민규 쪽
으로.
다시 서로 "잘 가." 인사하면서.

민규   (창희가 오자) 이 자식이 어딜 붙을라고.

다연이 뒤돌아보며 두 손을 앙증맞게 반짝반짝 흔들며 잘 가라고. 창
희는 아주 크게 두 팔 벌려 손을 흔들어 답하고. 민규와 남자 동기들

이 "뭐야?", "오~" 감 잡는 분위기. 창희는 가타부타 말없이 빙긋이 웃기만. 다연은 한 번 더 창희를 돌아보고 가고.

35.   달리는 전철 안 (밤)

자리에 앉아 핸드폰을 보고 있는 창희.
[INS. 다연의 SNS. 밝은 얼굴로 커피숍과 핫플레이스를 방문한 사진들.]
잔잔한 미소로 그런 다연을 보다가, 핸드폰을 접고 잠잠히…

36.   당미역. 플랫폼 (밤)

#저 멀리서, 전철이 들어오고.
#플랫폼에 멈춰 섰던 전철이 서서히 움직이기 시작.
#멀어지는 전철의 뒤꽁무니.

37.   미정 회사. 행복지원센터 (다음 날, 낮)

미정, 태훈, 상민 셋이 향기 앞에 죄인처럼 앉아 있고

향기   제가 일부러 깐깐하게 구는 건 아니고요, 그렇잖아요. 저도 감사

라는 걸 받는데, 해방클럽이 뭘 하는 덴지 증거 자료는 남겨야
되잖아요.

셋   …

향기   없어요? 뭘 한다… (아무 반응이 없고) 뭐라도…

셋   …

향기   (난감하고) 그럼 일지라도 쓰시던가요.

셋   !

38.   문구점 (낮)

미정은 노트를 고르다가 슬쩍 문밖을 본다. 문밖에는 상민과 태훈이
있고.

39.   문구점 앞 (낮)

상민은 심기가 불편한 얼굴.

상민   이 나이에 일기 써서 검사 맡게 생겼어?

태훈   …

상민   (심호흡) 왜 이렇게 화가 나냐… 내가 문젠 거야…

태훈은 어떻게 말해야 될까 하다가…

태훈	저 어렸을 때 아버지 돌아가셨는데, 이상하게 아버지 필체가, 제 일 아버지 같더라고요. 옷을 봐도 사진을 봐도 그냥 그런데, 필 체는, 이상하게 진짜 아버지 같았어요.
상민	!
태훈	펜대 잡는 분이 아니셨어서, 전화번호 수첩 하나 있었는데, 그걸 매일 봤어요.
상민	…
태훈	근데 수첩에 그런 글이 있었어요. '사나이는 무엇으로 사는가?'
상/태	(서로를 보는 표정)
태훈	(빙긋이) 그런 고민 할 것 같은 분이 아니었는데…
상민	…

그때 미정이 똑같은 노트 세 권을 사 들고 나오고. 미정은 상민이 화나 있는 걸 아는지라 계면쩍게 넘기는데, 상민이 노트를 받아 들고 쭈루룩 펼쳐보고는 말아 쥔다. 상민이 앞장서면, 태훈과 미정이 따라가고.

상민	(괜히) 날 한번 뜨겁다… (노트로 부채질)

40. 동네 일각 (낮)

새파란 너른 밭. 거기에 점처럼 보이는 한 사람, 제호.
제호는 잡초를 캐는지, 뭘 따는지 밭 한가운데 있고.

41. 공장 (낮)

조용한 공장. 모든 기계가 멈춰 있고. 대형 선풍기도 돌지 않고.
슥슥 비질 소리만. 혜숙이 청소를 하고 있다. 자잘한 목재를 자루에
담고.
오늘 작업이 없는 듯.

42. 구씨네 (낮)

개수대 앞에 서서 싱크대 안을 보고 가만히 서 있는 구씨의 등. 싱크
대 안에는 컵들과 그릇으로 가득. 말라비틀어진 그릇들. 보다가 물을
틀어 휘 한번 뿌리고, 수세미를 담그고는… 또 보다가 그냥 돌아선다.
내키지 않는 듯. 반쯤 찬 쓰레기봉투를 발로 차 구석으로 밀고. 그 구
석에 있는 빈 술병을 집어 들고 방으로. 방문을 열고 들어가 바닥 쪽
을 보고 가만히. 다시 나와 아웃됐다가 박스를 두 개 가져와 방으로
들어가는데, 바닥에 박스를 놓고 또 맥 놓고 가만히…
방 안을 보면, 빈 술병이 방을 반쯤 차지하고 있다. 치우려니 엄두가
나지 않고. 발로 박스를 안으로 밀어 넣고는 급히 저벅저벅 나간다.

43. 동네 일각 (낮)

빠르게 역사 편의점 방향으로 걸어가는 구씨.

44.   역사 근처. 편의점 (낮)

계산대에 소주 두 병이 놓이고. 주인(60대 초반. 여)이 힐끗 구씨를 보고는.

주인   그냥 네 병 사 가지? 더운데 이따 힘들게 또 오지 말고.
구씨   (듣기 싫고. 계산이나 하지.)

주인은 구씨가 더 살 뜻이 없어 보이자, 그제야 봉지를 펼치는데, 제대로 펼치지 못해서 보는 구씨는 짜증이 나고. 입이 앙다물어지고. 시선을 돌리고. 소주가 봉지에 담기자마자 뺏듯이 봉지를 들고 나가는 구씨. 주인은 왜 저래? 싶은 표정.

45.   역사 근처 (낮)

편의점에서 나와 가다가 보면, 미정이 역사에서 나오고.

구씨   !

미정도 구씨를 봤고. 얼굴이 환해지는데.
구씨가 그냥 휙 가버린다.

미정   !

구씨는 미정을 보자 더 난감해진 느낌. 걸음이 빨라진다.

46. 동네 일각 (낮)

구씨는 조급함과 자괴감에 빠르게 걷기만. 비닐봉지에 술병 부딪치는
소리. 덩달아 빠른 걸음으로 쫓아오는 미정은 뭔가 불안한 느낌이고.
안 되겠다 싶어서 종종종 달려 바짝 붙고.

미정 저녁 먹었어요?
구씨 …
미정 …
구씨 생각 없어.

또 빠르게 걷기만. 무슨 말을 해야 되나.

미정 이따 뭐 해요?
구씨 …

구씨의 시선에 저 멀리 밭에서 뭔가 따고 있는 제호가 보이고.

구씨 … (퉁명스런) 니네 식구들 다 있는 데서 뭘 할 수 있는데?
미정 !

빠르게 쫓아 걷던 미정의 시선이 내리깔리고. 슬슬 부아가 나는 듯. 결국 같이 걷기를 포기하고 천천히 제 속도로. 구씨는 상관없이 곧장 걸어와 제집으로 들어가고. 미정은 구씨네를 지나쳐서 덤덤히 집 쪽으로.

47.   구씨네 (낮)

천천히 한 잔을 마시는 구씨. 진통제를 맞은 사람처럼 표정이 편해진다. 잔을 챙겨 와 자리에 앉고. 조급했던 마음이 사라지면서 느긋한 동작. 그러다가 좀 전에 미정에게 성질낸 게 신경이 쓰이는 얼굴.

48.   편의점 앞 (낮)

매미가 시끄럽게 울고. 밖에 놓인 냉장고에 들러붙은 얼음을 깨는 창희. 등은 땀에 다 젖었고. 깨낸 걸 밖으로 퍼내 던지고. 점주(50대, 여)가 빈 박스를 들고 나와 한쪽에서 정리하며

점주   쎄 걸로 바꾸든가 해야지, 깨면 또 생기고, 깨면 또 생기고… 소용없어.

창희   (힘들여 깨며) 한여름에… 밖에 있는 냉장곤… 어쩔 수 없어요.

손님이 들어가자, 점주가 얼른 따라 들어가고, 창희는 열심히 얼음을

깨는데, 민규의 차량이 서행으로 오고, 운전석 창문을 내리고

민규   염창희! 너 왜 톡 안 봐?

창희   (돌아보고) 무슨 톡? (핸드폰 꺼내는데)

민규   단톡! 봤는데 씹는 거냐?

단톡이라는 말에 창희는 핸드폰을 도로 넣고 다시 얼음만 깨는.

49. 편의점 근처 (낮)

창희는 지친 듯 음료수를 마시고 있고, 민규는 옆에서

민규   자꾸 단톡방에 뭐라고 올리는 게, 니가 답해주기 바라는 느낌이 던데. 왜 가만있어?

창희   …

민규   그날 분위기로 봐선 주말에 보자고 바로 다이렉트로 톡 날릴 것 같더니. 왜. 아직 예린이 정리 안 된 거야?

창희   정리하고 말고 할 게 뭐 있다고.

민규   근데?

창희   …

민규   다연이 개 예린이 정돈 되지 않나?

창희   …되지.

민규   근데 왜 연락 안 해?

창희   …예린이 정도 된다는 건, 끌어야 되는 유모차 있고, 보내야 되
      는 유치원 있는, 그런 여자라는 건데… 내가 생각하는 괜찮은
      여잔, 그 정도 욕심은 내도 되는 여잔데… 근데, 나는 그걸 해줄
      수 없는 남자라는 거…

      쓸쓸한 창희의 등…

창희   이게 나의 딜레마야. 이 딜레마를 해결하지 못한 상태에서 계속
      여잘 만나니까 계속 헤어지는 거야. 다연이라고 뭐 다르겠냐. 걔
      욕심 빼하고, 내 주제 빼하고.
민규   (알겠지만) 그냥 연애만 하면 되잖아.
창희   걔가 연애만 하고 싶겠니? 나이가 있는데.

      쓸쓸하게 앉아 있는 두 사람. 그런 두 사람의 모습에서.

50.   달리는 전철 (밤)

      지하를 달리는 전철. 창희가 시커먼 얼굴을 하고, 손잡이를 잡고 서
      있는데, 겨드랑이가 땀으로 젖었다. "네. 네. 그럼요. 알죠." 그러면서
      전화를 받고 있고.
      디졸브 되면, 지상을 달리는 전철. 승객은 줄었고, 창희는 앉아서 여
      전히 통화 중. "예. 예. 들어가세요. 예."
      전화를 끊고 액정을 보면, [변상미 점주].

불편한 기색 없이 그냥 심호흡 한 번으로 핸드폰을 주머니에 넣고.
그제야 창밖을 본다.
잠잠히 창밖을 보는 창희의 얼굴에서
[INS. 상상 (낮). 시원해 보이는 울창한 숲의 커다란 나무 아래, 오픈
카가 세워져 있고, 그 안에 늘어지게 누워 있는 창희. 바람에 나뭇잎
이 서로 부딪치는 소리만 들린다. 평화로운 창희의 얼굴]
그와 비슷한 표정인 현재의 창희. 상상만으로 기분이 한결 나아진다.

51. 집. 거실과 주방 (밤)

어두운 거실.
냉장고 근처에서 가만히 서 있는 기정.
미정이 화장실에서 나와 물 마시러 주방으로 가는데, 기정은 그래도
가만히.
미정이 물 마시다가 그런 기정을 보고

미정   …왜 그러고 서 있어?
기정   …배가 고픈데… 먹고 싶은 게 없어.
미정   … (물 마신 그릇을 개수대에 넣고) 배고픈 게 아닐 거야.
기정   …

기정이 조용히 도로 들어가고.
미정도 기분이 좋지 않은 얼굴로 주변에 있던 몇 개의 컵을 개수대에

넣고, 불을 끄고… 방으로.

52. 집. 마당 (밤)

자매 방의 불이 꺼지고.
집 안의 모든 전등이 다 꺼진 어두운 집 앞.
그 앞에 구씨가 서 있다. 비닐봉지를 들고.
취했는데, 낮의 까칠함은 많이 사라진 느낌.
보다가 돌아서 그냥 집 쪽으로.

53. 구씨네 (밤)

구씨가 봉지에서 소주를 꺼내고, 나머지는 봉지째 냉동실에 넣는데,
거기서 빵빠레류의 아이스크림 하나가 바닥에 떨어지고. 그걸 주워
냉동실에 넣고 문을 닫고 돌아서는. 아이스크림을 사 왔던 듯. 소파에
앉아 소주를 비틀어 따르는데, 마시던 빈 잔을 보고는 일어나고. 새 잔
을 가져와 따르고… 천천히 마신다.

54. 기정 회사 외경 (다음 날, 낮)

55. 기정 회사. 휴게실 정도 (낮)

기정과 진우가 커피를 마시며 앉아 있고.

기정 안줏값은 안 받겠다고, 받으라고 해도 굳이 계산에서 빼더라고
요. 가게 주인들 그런 말 다 빈말이잖아요. 제가 우기면 못 이기
는 척 다 계산하는데, 안 그러드라구요. '음. 이 남자, 괜찮은 남
자군.' 그래서… 열 장 다 줬어요. 전에 제가 크게 실수했던 것도
있고. 죄송해요. 신경 써서 주신 건데.

진우 (묘한 미소) 그 남자 얘기하는데, 표정이 부드러워지시네요?

기정은 진우의 뉘앙스를 바로 간파하고. 부끄럽지만 또 바로 인정하
는 투.

기정 … (에이, 그 남자랑은) 안 돼요. 애도 있고.

진우 무슨 상관이에요. 결혼하겠다는 것도 아니고. 올겨울엔 아무나!

기정 동생이랑 한 회사고. 잘못했다간 동생까지 망신당하니까. 또 친
구 동생이고. 그 친구가 보통 아니거든요.

진우 어뜩하나. 마음은 벌써 갔는데.

기정 … (민망한 듯 가만히 있다가 잠잠히) 전 관심이 가는 순간, 바로
사랑이 돼요. 단계라는 게 없어요. 남들은 관심이 가다가, 좀 좋
아하다가… 그러다 진짜로 좋아하는 것 같은데. 전 조금이 없어
요. 서서히라는 게 없어요. 첨부터 바로… 그냥… 많이 좋아요.
어떻게 이렇게 되지? 뭘 했다고? 창피해서… 어디 가서 말도 못

해요.

진우 이해합니다. 저도 약간. 그런 꽈예요.

기정 (혹해서) 희한한 건요, 며칠 안 힘들었어요. 그 남잘 생각하니까 안 힘들더라고요. 정말로.

진우 그래서 제가. 사랑하는 거라고. 사랑하는 한 지칠 수 없다고.

기정 (울겠는) 근데 열 장 다 꽝이란 소릴 들으니까, 어떻게 말 붙일 꺼리가 없어지니까, 바로 너무너무 힘든 거예요. 바로 목이 뻣뻣 해지면서 짜증이 확 나는데!

진우 …죄송합니다.

기정 어쩜 이렇게 똥손이야.

진우 아… 이걸 어쩌나… 또 사드릴까요?

기정 그럼 난 또 갖다 줘요? 계속 갖다 바쳐요, 로또만?

56. 기정 회사. 사무실 (낮)

기정이 책상에 앉아 설문지를 열심히 체크하면서 보는데.
가만히 뚫어져라 보다가, 순간 볼펜을 딱 놓고 심호흡.
먼 산 보듯 창 쪽을 보는. 가만히 있다가…

기정 (E) 나는. 미친 거 같애. 뭐 했다고. 그 인간이 머릿속에서 뱅뱅 이니. 미친 거 같애.

그렇게 뚱하니 창밖을 보는 기정.

57.   변상미 편의점 (낮)

데스크에 앉아 컴퓨터를 보고 있는 점주. 이름표에 [변상미]. 딸랑 문소리에, "어서 오세요." 힐끗 손님을 보고 다시 컴퓨터를 보는데, 여자가 점주를 보며 계산대에 서 있다. 점주는 왜 처다보나 싶어 일어나는데, 보면, 현아!

변상미   뭐 드릴까요?

현아   지, 엄창희 여친인데요.

변상미   !

현아   전 여친이요. (살짝 울컥하는)

변상미   (흠칫. 손이 입에 올라가고) 어머. (어뜩하면 좋아.)

현아   (설움을 참는) 저, 정말 창희 다시 만나고 싶은데… (울음을 꾹 참는) 맨날 길바닥에 한 시간씩 혼자 앉아 있고…

변상미   (어머. 어뜩해)

현아   영화 보다가 전화 받으러 나가서… 나 혼자 영화 보고… (눈물 참는) 핸드폰도 다 뿌셔버리고 싶고… 너무 힘들어요…

변상미   (현아 손을 잡고) 미안해. 미안해. (괴로워 고개가 떨어지는) 하… 나 어뜩하면 좋니… (본인이 진상이라 괴롭고) 나 어뜩하니… (다시 정신 차리고) 다시 만나. 응? 나 때문에 헤어졌다는 얘기 듣고… 나 마음 너무 안 좋았다. 미안해. 다시 만나. 내가 정말, 정말, 자제할게. 응?

현아   자제하면 30분일 거잖아요.

변상미   (하… 고개가 떨어지고. 다시 고개 들고) 10분 내로 끝낼게.

현아	…
변상미	(고개 숙이고 있다가 갑자기 북받쳐) 여기 남편 쉐끼가 하던 건데.
	그 쉐끼가 바람나서. 여기서 그년이랑 부부인 척. 내가 이 편의
	점 위자료로 받고 이혼한 건데. 그 쉐끼하고 그년하고, 둘 다 아
	는 사람이, 염 대리밖에 없어서… 흑흑… 욕을 하고 싶은데…
	미치게 욕을 하고 싶은데…
현아	(이걸 어떻게 해야 되나 난감) 울지 마시고요.
변상미	미안해…

딸랑 손님이 들어오는 소리.

현아	(손님 눈치도 보이고) 울지 마세요.

58.   도심 커피숍 (낮)

뜨악한 얼굴로 현아를 보는 창희.

현아	내가 한두 번 봤냐? 너 그 여자한테 시달리는 거.
창희	어딘진 어떻게 알아서?
현아	도곡동에 변상미 빤하지 뭐. 편의점 몇 개 돌면 바로 나오지.
창희	… (헐)
현아	그래도 전화 오면 좀 받아주구.
창희	받아주고 있어.

현아	난 해결사 이런 게 적성에 딱인데. 개업할까?
창희	(웃고 말고. 현아를 보며 진심) 고맙다. 너밖에 없다.
현아	술 사.
창희	(가뿐하게 가방 챙겨 들고) 가자. 뭐 먹을래?

빠르게 먹은 것들을 식수대에 분리해 넣고 커피숍을 나가는 동안에

창희	나 또 애인 있는 거야?
현아	야, 있는 게 나아, 없는 것보단. 애인이랑 야속 있다고 핑계 대고 빠지고.

#커피숍을 나와 깔깔대며 신나게 걸어가는 두 사람의 뒷모습에서.

59.   미정 회사. 휴게실 느낌 (낮)

미정, 태훈, 상민 셋이 둘러앉아 있는데,
태훈과 상민이 펼쳐진 노트를 가만히 보고 있다.

태훈	(다 읽었는지 노트에서 시선을 떼고) 좋네요.

태훈이 따뜻하게 미정을 보는데, 미정은 좀 민망하고.
상민이 아직도 읽고 있는 노트를 보면,
맨 위에 큰 글씨로 [좋기만 한 사람]이라고 쓰여 있고,

그 아래 부연 설명이 쭉 쓰여 있다.

미정   (생각에 빠져 가만히) 생각해 보니까… 그런 사람이 하나도 없더
       라고요. 내가 좋아하는 것 같은 사람들도 가만히 생각해 보면…
       다 불편한 구석이 있어요. 실망스러웠던 것도 있고, 미운 것도
       있고, 질투하는 것도 있고… 조금씩 다 앙금이 있어요. 사람들
       하고 수더분하게 잘 지내는 것 같지만, 실제론, 진짜로 좋아하는
       사람이 아무도 없어요. 혹시 그게… 내가 점점… 조용히 지쳐가
       는 이유 아닐까… 늘 혼자라는 느낌에 시달리고, 버려진 느낌에
       시달리는 이유 아닐까… (생각에 빠진 얼굴)

60. 공장 (낮)

그 시각. 구씨가 일을 마무리하고, 제호는 칠판에 구씨가 일한 시간을
표시해 놓은 걸 세어보고. 만 원짜리를 세고. 뒷정리하는 구씨에게 돈
봉투를 건넨다.

제호   이번 주 꺼.
구씨   (받으며) 감사합니다.
제호   내가 감사하지.

컷 튀면,
구씨가 찬물을 마시며 문가에 서서 쨍한 밖을 보고.

그렇게 있다가 서서 장부를 보고 있는 제호를 돌아본다.

말할까 말까⋯ 그러다가 결국 제호에게 다가가고

구씨   (제 핸드폰을 열며) 저, 막내따님 전화번호 좀⋯

제호   !

제호가 의아한 시선으로 보고. 그 시선을 피하지 않는 구씨.

제호   (혹시) 미정이?

구씨   네.

제호   ⋯ (핸드폰 열고) 010. ****.

구씨   (받아 치고)

61. 미정 회사. 로비 (낮)

덤덤한 얼굴로 엘리베이터에서 동료들과 우르르 내리는 미정.

순간 동료들이 깔깔깔 웃자, 미정도 덩달아 괜히 미소 짓고.

그렇게 따라가는데, 그때 핸드폰이 진동으로 울리자 멈춰서 확인하

고.

들어온 문자는, [돈 생겼는데]라는 짧은 문자.

돈이라는 말에 살짝 철렁하고.

누구지 싶은데 이어서 들어오는 문자.

[혹시 먹고 싶은 거]

설마…

이어서 들어오는 문자.

[나 구씨]

그대로 정지되는 미정. 서서히 얼굴에 미소가 번지고.

62.   당미역 앞 (낮)

구씨가 역 근처에서 서성이고 있고.

[INS. 멈췄던 열차가 다시 출발하는 모습.]

사람들이 역사에서 나오기 시작하자, 구씨는 곧 미정이 나오겠다 싶고.

그때 미정이 역사에서 나오고. 멀리 있는 구씨를 보고.

미정은 반가운 얼굴인 데 반해 구씨는 표정에 변화가 없다.

미정이 구씨 쪽으로 가자, 구씨는 데면데면하게 먼저 발길을 옮기고.

그 모습에 해방클럽에서 했던 말들이 얹힌다.

[INS. 미정 회사. 휴게실 (낮)

'좋기만 한 사람'이란 글씨에서 노트를 덮으면, 겉면에 손 글씨로 나의

해방일지라고 쓰여 있고, 하단에는 염미정이라고 쓰여 있다. 상민이 그

노트를 미정 쪽으로 주며]

상민   이게 가능할까? 자식새끼도… 그러기 쉽지 않은데…

현재. 어색하게 떨어져서 가는 미정과 구씨의 모습 위로

미정   (E) 한번 만들어보려고요. 그런 사람.

        [INS. 회상. 동네 일각 (낮)
        편의점 갔다 오는 구씨와 마주쳤을 때, 차갑게 가버리는 구씨 때문에
        마음이 안 좋았던 미정의 모습 위로.]

미정   (E) 상대방이 이랬다저랬다 하는 거에, 나도 덩달아 이랬다저랬
        다 하지 않고…

        [INS. 그날 밤인 듯, 식탁 스탠드 불빛 아래서 노트에 뭔가 쓰는 미정.
        오늘 보여준 글귀 중 일부분… '좋기만 한 사람']

미정   (E, 이어서) 그냥 쭉 좋아해 보려고요. / 방향 없이 사람을 상대하
        는 것보단 훨씬 낫지 않을까… / 이젠 다르게 살아보고 싶어요.

63.   동네 음식점 (낮)

        돈가스류를 먹고 있는 두 사람.
        서로 말은 안 하는데 많이 불편하진 않은 느낌.
        구씨는 먹다가 냅킨을 꺼내 입을 닦고. 그리고 몇 장의 냅킨을 더 꺼
        내 테이블에 놓고 먹는다. 대놓고 미정에게 주진 못하고.

64. 먼 동네 일각 (저물녘 혹은 밤)

천천히 걸어가는 구씨와 미정. 그렇게 걸어가다가…

구씨   (문득 미정을 보며) 좋기만 한 사람이 왜 없어? 식구들 있잖아.
미정   아빠도 다 좋지 않고. 엄마도 다 좋지 않고. 언니랑 오빠는 많이
         싫고.
구씨   …
미정   아빠는… 불쌍해요.

[INS. 공장에서 묵묵히 일하는 제호의 모습 위로.]

미정   (E) 한 번도 행복했던 적이 없던 것 같애요.

[INS. 주방에서 뭔가를 참는 듯 심호흡하는 혜숙의 모습 위로]

미정   (E) 엄만… 자식들 때문에 불행하다고 생각하는 것 같애요. 그
         래서 정작 큰일이 생겼을 땐, '엄마만 모르면 된다…' 그래요.

어느새 산 앞에 멈춰 있는 두 사람.
어떻게 이렇게 많은 사람 중에 좋기만 한 사람이 없을까…라는 느낌.
그렇게 보고 있다가 다시 가며,

구씨   가짜로 해도 채워지나. 이쁘다, 멋지다… 아무 말이나 막 할 수

있잖아.

미정 (약간 머뭇거리는. 이런 바보 같은 질문이 있나 싶은) 말하는 순간,

진짜가 될 텐데. 모든 말이 그렇던데.

구씨 …!

미정 …해봐요, 한번. 아무 말이나.

가만히 서로를 쳐다보고 있는 두 사람.

순간 구씨가 고개를 홱 돌리고. 아, 하면 안 되겠다. 무슨 느낌인지 알

겠다.

다시 천천히 걸어가는 두 사람.

65. 동네 일각 (밤)

동네에 다다르자 마을버스가 두 사람 옆을 지나고.

저 앞에 정차한 마을버스에서 내리는 기정.

기정은 두 사람의 이상한 기운에 힐끗 보고는 그냥 가는.

뭔가 이상한 기운이 느껴지는데, 대놓고 묻지는 못하고, 그냥 뚱하니

앞서가고.

뒤에서 오던 구씨와 미정의 간격도 자연스레 벌어진다.

미정의 걸음이 빨라지고, 구씨는 느려지는 식으로.

기정이 무심을 가장하고 슬쩍 돌아보는데, 둘 사이가 벌어져 있다.

그렇게 멀멀하게 걸어가는 세 사람의 모습에서.

6

EPISODE

"당신 통이 들어오면 통장에 돈 꽂힌 것처럼 기분이 좋아요."

1. 동네 일각 (밤)

구씨와 미정이 천천히 걸어가는데, 마을버스가 두 사람 옆을 지나고.
저 앞에 정차한 마을버스에서 내리는 기정. 기정은 본체만체 앞서가
나 두 사람의 이상한 기운을 느꼈고. 나란히 오던 구씨와 미정의 간격
이 자연스레 벌어진다. 미정의 걸음이 빨라지고, 구씨는 느려지는 식
으로.
기정이 무심을 가장하고 슬쩍 돌아보는데, 둘 사이가 확 벌어졌고, 구
씨는 인사도 없이 제집 쪽으로 꺾어지고, 미정은 딴 데 보며 데면데면
하게 오고… 확실히 이상하다! 그렇게 집 쪽으로 가는 기정과 미정.

2. 집. 거실과 주방 (밤)

거실 바닥에 걷은 빨래가 잔뜩 쌓여 있고.
혜숙이 앉아서 빨래를 개는데, 기정이 들어오고

기정   다녀왔습니다.
혜숙   밥은?
기정   (방으로) 먹었어요.

이어서 들어오는 미정.

미정   다녀왔습니다.

혜숙   어떻게 같이 들어오네. 밥은?

미정   먹었어요. (방으로)

혜숙   (개다가 지친 듯 빨래를 밀어놓으며) 각자 개 들어가. 더는 못 해.

혜숙은 아고고… 힘들게 일어나 갠 빨래를 들고 쩔뚝이며 안방으로.

3.   집. 자매 방 (밤)

미정은 옷을 거의 다 갈아입었고, 기정은 미정을 슬쩍슬쩍 흘겨보며
갈아입는데,
미정은 그런 기정의 기운을 못 느끼는 척 수건 들고 밖으로.

4.   집. 거실과 주방 + 자매 방 (밤)

미정이 빨래 더미 앞에 앉아서 큰 것부터 개기 시작하는데, 잠시 후,
   어디선가 핸드폰 진동음이 짧게 한 번 들리고.

기정은 책상 위에 놓인 미정의 핸드폰을 손도 대지 않고 얼굴만 가
   까이 가져가 내려다보는데, 미정이 들어와 핸드폰을 쓱 챙겨 나가
   고. 기정은 민망함을 감추며 움직인다.

핸드폰을 확인하고는 별 내용 아니었는지 옆에 두고 다시 빨래를
   개는 미정.

기정은 화장을 지우며 혼잣말.

기정   미쳤어 저거.

5.   집. 마당 (다음 날, 아침)

혜숙이 냄비에 끓여 나온 뜨거운 물을 큰 고무 대야에 붓고 휘휘 젓
고 들어가고. 창희가 푸세식에서 나와 뒷발길질로 문을 쾅 닫고, 들고
나온 화장실용 물티슈를 선반에 놓고 수돗가로 가면, 제호는 보던 종
이 신문을 접어놓고 휴지를 들고 푸세식으로 들어간다. 창희는 그렇
게 차갑지만은 않은 물을 머리에 들이붓고.

6.   동네 일각 (아침)

말끔한 모습으로 출근하는 창희. 핸드폰으로 업무를 보며 가다가 보
면 저 멀리서 마을버스가 오는 게 보이고. 종종 뛰기 시작하는데, 마
침 집에서 나와 공장 쪽으로 가는 구씨와 마주치고.

창희   안녕히 주무셨어요. 오늘부터 소주 사면 잔 주는 행사 하는데,
하나 사다 드릴까요? 잔이 꽤 괜찮아요. 네 갠데. 이뻐요.

창희가 보라는 듯 핸드폰을 내미는데 구씨는 볼 의향이 없는 듯 그냥
가고.

창희   하나 사올게요.

창희는 마을버스 정류장을 향해 뛰고, 구씨는 덤덤히 공장 쪽으로.

7.   **공장 + 공장 앞 (아침)**

제호와 구씨가 공장에서 싱크대를 들고 나와, 용달 짐칸에 싣고. 똑같
은 사이즈의 작은 싱크대가 짐칸에 차곡차곡 쌓인다. 신축 원룸 건물
에 싱크대 들어가는 날인 듯.

8.   **동네 일각 (아침)**

미정이 마을버스 정류장 쪽으로 가는데, 뒤에서 용달이 오고. 구씨가
운전을 하고 제호는 옆자리에.
덤덤히 운전을 하는 구씨. 그러다가 미정을 조금 앞질러 멈춰 서는
용달.

미정   !

제호는 무슨 뜻인지 알겠고. 차 문을 열고,

제호   타.

미정이 올라타고.

9.　동네 일각. 달리는 용달차 (낮)

셋이 탄 용달이 시골길을 달리고. 한마디도 안 하고 정면만 보는 세 사람. 교복을 입은 학생들이 삼삼오오 길가를 걷는 게 보이고. 왠지 정겨운 아침 풍경.

10.　당미역 앞 (낮)

용달에서 미정이 내리고.

미정　다녀오겠습니다.

용달이 떠나고. 미정은 역사 쪽으로.

11.　달리는 용달 안 (낮)

제호는 아무 말도 안 하고. 구씨도 역시 아무 말도 안 하고.

제호　(괜히) 남이 운전해 주는 차 타니까… 좋네.

구씨   …

12.   달리는 전철 안 (낮)

전날 구씨와 주고받았던 문자를 보는 미정.

[돈 생겼는데 / 혹시 먹고 싶은 거 / 나 구씨]

거기에 [돈까스 / 역 근처에 있는데]라고 썼던 미정.

연락처 추가를 누르고, 뭐라고 저장해야 될까. 손가락이 핸드폰 위에
서 머뭇머뭇. '구'를 쓰고 또 머뭇머뭇. 뭐라고 해야 되나. 그때 창밖
에 보이는 [오늘 당신에게 좋은 일이 있을 겁니다]라는 간판. 핸드폰으로
그 풍경을 찍는다. 찰칵 소리에 주변 사람들이 힐끗 보고. 미정은 멋
쩍어 핸드폰을 보며 가만히.

13.   창희 회사. 사무실 (낮)

사무실에 직원은 몇 없는데, 강 팀장이 확인차 보던 [INS. '재계약서']
를 창희에게 넘겨주며

강 팀장 (재계약서의 한 곳을 짚으며) 이 특약 사항은 딴 점주들한텐 비밀
　　　　이라고 하고.

창희　　네.

강 팀장 매출 많은 점포 임대료 지원해 주는 거 알고는 있어도, 막상 내

주변 점포가 받으면 배 아프다.

창희   알죠.

강 팀장   웬만하면 이번 주 내로 도장 받아오고. 경쟁사 입질 들어가서
          시끄러워지기 전에.

창희   (에이) 안 하면 안 했지, 경쟁사로 갈아타고 그러실 분 아녜요.

14.   편의점 (낮)

평수가 좀 되는 편의점. 손님들이 꽤 있고, 계산대에는 두 명의 알바
생이 계산 중. 창고 앞에서 의자에 앉아 재계약서를 보는 노인. 물건
정리하다 말고 보는 듯. 창희는 그 주변 진열대를 점검하고 있고.

점주   (약정 기간이) 5년? 5년 후면 내가 여든셋이다. 그때까지 살아
          있기나 하겠냐?

창희   (눈으로 살짝 펄쩍) 여든은 당연히 넘죠, 요즘.

점주   당연이란다. 야. (발 들어 보이며) 이 신발이 하나는 16만 원, 두
          개는 24만 원이라고 두 개 사래. 두 개는 엠비. 하나면 죽지.

창희   (큭)

점주   팬티도 한 장씩 사. 나 죽으면 다 내다 버릴 건데 뭐하러 사 쟁
          여. 오늘 죽어도 이상할 게 없는 나인데… 5년? (택도 없다. 계약
          서를 툭 던져두고) 나 죽으면, 어느 아들자식이 뛰어와 이거 정리
          하느라 고생할까… 그 생각만 하면 잠이 안 와. 2년만 더 하면
          된다, 1년만 더 하면 된다… 그렇게 간신히 계약 채웠구만…

	또… (손사래)
창희	그럼 10년짜리 계약서 갖고 와요? 그렇게 1년만 더 1년만 더 하면서 10년 사시면 되겠네. 10년 채우면 또 10년짜리 계약서 쓰고.
점주	욕을 해라.
창희	그럼 월 천만 원씩 나오는 가게를 그냥 접어요? 점주님 말씀대로 언제 가실지도 모르는데?
점주	… (그게 아쉽지만) 벌 만큼 벌었다. 많이 벌었어. 내 손으로 정리할 수 있을 때 정리해야지…
창희	(정말인가 싶어 점주를 보는)
점주	…그만할란다. (일어나고)
창희	!
점주	…이거 받아서 할 사람 있나 알아봐. (문득 돌아보며) 너 안 할래?

15.   도심 일각 + 신축 원룸 내 (낮)

#욕심도 나고, 애도 타는 창희.

[아버지]를 클릭하고. 전화를 할까 말까. 에라 모르겠다. 통화 버튼을 누르고.

#신축 원룸 내. 제호가 구씨와 함께 싱크대를 다는데, 한 사람이 붙잡아 주고 한 사람이 박아야 되는 동작이라, 핸드폰이 울려도 받을 수 없는 상황. 벨 소리가 신경에 거슬리는 수준. 결국 동작을 끝내고 제

호가 핸드폰을 꺼내 보는데 액정을 보고 '창희'라는 걸 확인하자마
자 전화가 끊기고.

\# 창희가 끊었다. 말이 통할 리 없다는 생각.

\# 제호는 다시 걸어볼 생각도 안 하고 핸드폰을 넣고 다시 일에 열중.

16. 커피숍 + 창희 회사. 사무실 (낮)

창희가 통화 중이고, 민규는 그 앞에서 안타까운 심정으로 듣고 있는.

창희   네. 네.

강 팀장   (낮게) 직영점으로 전환해도 되니까 소문 안 나게 조심하고.

창희   네. 네. 들어가세요.

창희가 전화를 끊고.

민규   보증금하고 권리금이 3억이면… 진짜 양호한 건데.

창희   일 매출 500에, 월 순이익 800에서 천이야.

민규   …아부지한테 말이라도 해봐.

창희   3억 만들려면 땅 팔아야 되는데, 땅 팔아서 편의점 하자는 말이
우리 아부지한테 통할 것 같냐? 역삼동 지점 나왔을 때 말했다
가 조상 땅 팔아먹자는 개후레아들자식만 되고. (답답) 3억으로
어디서 월 천을 만들어? (근데) 절대 안 들어. 안 믿고, 안 들어.
하늘에서 돈이 떨어져서 전 국민이 다 나가서 미친 듯이 주워대

도, 혼자 공장에서 기계 돌리고 있을걸. 뭐. 존경해. 뭐. 존경해야
지 별수 있냐.

둘 다 안타깝고 열받는 분위기.

창희   너도 안 되냐? 너라도 해. 니가 받어.
민규   (씨…) 3억이 있겠니?
창희   (씨…) 대출도 안 되냐?
민규   (씨…) 3억 대출해 줄 만한 자산이 나한테 있겠니?
창희   (씨…)
민규   니 친구 두환이는?
창희   …집 한 채 있는 놈, 집 팔란 소릴 어떻게 하나?
민규   (깝깝하고 안타까운)
창희   미친다 진짜. 눈앞에 월 천이 있는데.
민규   …
창희   왜 내가 사랑하는 사람들은 다 돈이 없을까?
민규   (욱해서) 나 사랑하지 마 새꺄!
창희   (씨이. 농담할 분위기 아니고. 어떻게 해야 될까?)

17.   미정 회사. 사무실 (낮)

미정이 프린터에서 나온 인쇄물을 챙겨 쓱쓱 넘겨보며 자리로 오다
가 순간 정지. 가만히 보다가 도로 프린터로 가 보던 두어 장의 종이

를 엎어놓고 자리로. 뭘 봤는지 컴퓨터를 보는 미정의 눈빛이 편치 않고. 그때

최 팀장 한수진, 김지희, ***, ***

최 팀장이 프린터 앞에서 종이를 들어 보고 있다.
미정이 봤던 것.

미정 !

호명되는 무리는 뭔가 싶은데.

최 팀장 잘한다. 회사 프린터로 비행기 티켓 인쇄하고.
미정 !
최 팀장 (목적지를 읽는) 괌? 좋겠네. 괌도 가고.

놀란 무리는 '누구야?' 하는 시선으로 범인을 찾는데, 지희가 철렁하는 눈빛. 지희의 실수인 듯. 최 팀장은 인쇄된 걸 지희에게 갖다주다가 미정을 보고는

최 팀장 근데 염미정 씬 왜 같이 안 가?
미정 !

그 말에 눈동자도 움직이지 않는 무리.

최 팀장은 괜한 소리 했다는 걸 눈치 채고, 조용히 자리로 가고.

모니터를 보고 있으나 더욱 굳는 미정의 얼굴.

컷 튀면, 점심시간이 돼서 사람들이 화기애애하게 일어나는데, 미정과 무리는 제자리에 가만히. 보람은 그런 무리를 봤다가 미정을 봤다가…

순간 수진이 찬바람을 일으키며 일어나 혼자 나가자, 팀을 두고 지희도 따라 일어나고. 나머지 둘도 일어나고. 여전히 가만히 앉아 있는 미정. 보람만 나가는 무리를 지켜보고.

18.   미정 회사. 복도 일각 (낮)

수진, 지희 등 넷이 구석에서 모여 난감한 상황을 논하는 느낌. 지희가 욕먹는 분위기. 그러다가 순간 말이 없어진다. 왜 그런가 하니…
미정과 보람이 오고 있다.

미정   (지나가며) 밥 먹으러 안 가?

지나치자마자 표정이 없어지는 미정. 애써 억지로 한 말.
보람은 말없이 미정을 따르고.

19. 식당 (낮)

말없이 성실하게 먹기만 하는 미정과 보람.
그러다가 보람이 열심히 먹으며

보람 전 그래도 여기 계속 다닐 거예요. 건물 드나들 때마다, 지나가는
       사람들이 보는 시선. 그것만으로 충분해요. 내가 부럽게 봤었거
       든요. '나도 저런 곳에서 일하고 싶다.' 내가 부러워하던 곳을 드
       나드는 걸로 전 됐어요. …이 안에서 겪는 건 아무도 모르니까.

미정 …

보람 내 사번이 몇 번으로 시작되는지, 알게 뭐야. 그래도 목줄 색깔
       이 다르지 않은 게 어디예요. 딴 데는 줄 색깔부터 달라서 이거
       (출입증) 차고 다니는 것 자체가 굴욕이래요. 주변 상가 주인들
       도 다 안대요. 정규직인지 계약직인지.

미정 난 정규직이었어도 안 껴줬을 것 같애.

보람 (왜? 하는 시선으로 보면)

미정 비키니가 없잖아.

보람 (피식)

미정 (덤덤히 먹는)

20. 미정 회사. 사무실 (낮)

미정이 자리에 앉아 있는데, 옆에서 털썩 앉는 소리. 끼익 의자를 당

기는 소리. 지희가 와 앉았었는데, 여전히 아무런 말이 없다. 지희도 앉
자마자 모니터를 보고. 서로가 불편한 시간을 견디는 느낌. 미정은 핸
드폰을 열어본다. 구씨와의 대화 창. [오늘 당신에게 좋은 일이 있을 겁니
다]라는 간판을 찍은 사진. 그 아래 미정의 글. [서울로 들어가기 직전. 이
걸 보면 기분이 좋아져요.] 확인을 안 했는지 여전히 1이 떠 있고.

21.   원룸 건물 앞 (낮)

가득했던 짐칸이 비었고, 건물에서 나와 거기에 공구며 잡목을 싣는
구씨. 물을 마시고. 지쳤는지 짐칸 난간을 잡고 서 있다. 그때 제호가
건물에서 나오자 구씨가 자세를 고쳐 잡고 운전석으로

제호   (구씨가 지친 것 같아) 내가 운전할게.

구씨가 운전석에 오르고. 제호는 짐을 짐칸에 넣고 옆자리로.

22.   동네 일각 (낮)

한 손에는 쇼핑백을 들고, 무뚝뚝하게 걸어오는 창희. 땀을 삐질삐질
흘린다. 후덥지근한 느낌. 구씨네 즈음에 와서 고개를 빼고 공장 쪽을
보면, 공장 문은 닫혔고, 용달도 없고. 구씨네로 가 문을 두드리며

창희   저예요!

아무 소리가 없고. 문고리를 잡아보는데 그냥 문이 열린다.

23.   구씨네 (낮)

창희가 들어와서 보면 역시 아무도 없고.

쇼핑백에서 소주 세트를 꺼내 냉장고에 넣고,

잔 세트는 싱크대에 놓고 나오는데,

반쯤 열린 방에서 빛이 강렬하게 뿜어져 나오는 걸 보고는 멈칫. 저건 뭔가 싶은. 천천히 방문을 밀어서 안을 보면, 방에 햇볕이 들어서 빈 술병들이 눈부시게 빛나고 있다. 눈을 똑바로 뜰 수 없을 정도.

24.   동네 일각 (낮)

#터덜터덜 시골길을 달려오는 용달.

#그렇게 오다가 보면, 구씨의 시선에서 멀리 창희(옷을 갈아입은 상황)와 두환이 자기 집에서 빈 병을 꺼내 밖으로 내놓는 게 보인다. 이런 씨. 얼굴빛이 안 좋아지는 구씨.

#용달이 구씨네에 가까워지자, 두환은 용달을 보고 제호에게 꾸벅 인사하고. 그제야 제호도 빈 병을 내놓는 걸 보게 되고. 고개를 돌려서 까지 보게 되는 제호.

구씨   !

지나쳐 운전해 가는 구씨의 입이 앙다물어진다.
#창희와 두환은 다시 구씨네로 들어가고.

25.   공장 앞 (낮)

용달에서 내리는 제호와 구씨.

제호   수고했어.
구씨   (고개 숙여 인사) 쉬세요.

인사할 때까지는 꾸역꾸역 표정 관리가 됐으나, 돌아서자 굳는 얼굴.
술 봉지를 들고 가는 구씨의 얼굴이 영 아니고. 제호는 뭔가 느낌이
안 좋은지 구씨가 가는 쪽을 보고.

26.   구씨네 (낮)

창희와 두환이 병을 포대에 담는데, 문이 열리고 닫히는 소리. 구씨가
들어와 방 쪽은 쳐다도 안 보고 싱크대 쪽으로.

두환   뭐 이렇게 많이 쌓아뒀어요. 치워달라고 하지. 이거 아끼고 그러

는 건 아니죠?

구씨는 꾹 참는 듯, 술 봉지를 한쪽에 툭 던져놓고. 심호흡을 하고 인내심을 발휘해 그들을 돌아본다.

구씨   뭐, 그냥.
창희   금방 치워요. (그동안) 씻으세요. 둘이 후딱 고물상 갖다주고 올게요.
구씨   … (차가운) 그냥 두라고!

창희와 두환은 이상한 기운에 구씨를 보는데, 굳은 구씨의 얼굴.

두환   금방… 치우는데…
창희   …!
구씨   내가 싼 똥 누가 치워주는 게 니들은 고맙냐?
창/두   !

27.   구씨네 앞 (낮)

창희가 먼저 뚝뚝하게 나오고, 두환은 기죽어 쫓겨 나오고.
두환은 이미 밖에 빼낸 병을 보고…

두환   저거 도로 들여놔야 되는 거 아냐?

창희는 그냥 집 쪽으로 가버리고. 두환은 애매하게 창희를 쫓아가다가 제집 쪽으로 방향을 틀고. 둘 다 기분이 별로.

28. 구씨네 (낮)

소파에 앉아 있는 구씨는 성질을 냈기에 기분이 좋지 않고. 짜증스런 얼굴이 되고. 그런데 어디서 핸드폰 진동음이 들린다. 한참 동안 계속. 짜증 나 핸드폰을 찾기 시작. 두고 나갔던 듯. 찾으면 이내 끊어지는 진동음.

열어서 확인해 보면, 부재중 전화가 두어 통. 그리고 읽지 않은 문자와 톡이 80개, 100개를 넘어가 있다. 거의 저장되지 않은 번호들. 유일하게 이름이 저장된 '염미정'에게 톡이 하나 와 있다. 그걸 열어서 확인하면, [오늘 당신에게 좋은 일이 있을 겁니다]라는 간판을 찍은 사진. 그리고 미정의 글 [서울로 들어가기 직전. 이걸 보면 기분이 좋아져요.] 답장해 줄 기분도 아니고. 읽었으나 그냥 치워두고.

29. 미정 회사. 사무실 (낮)

읽었음에도 답이 없는 구씨와의 대화 창을 보고 있는 미정.
그때 진동으로 톡이 울린다. 보낸 사람은 [언니]
클릭해서 보기 전에 보이는 문자는 [한잔하자. 한잔해야 될 것 같은데?]
클릭해서 내용을 확인하고는 가만히 있는 얼굴.

30.   도심 술집 외경 (밤)

31.   도심 술집 (밤)

기정은 미정을 흘기며 잔을 비우고, 미정은 그런 기운이 불편하고.

미정   그만 봐.

기정   (그래도 계속 흘기다가) 야. 아무나 사랑은 내가 하기로 했어.

미정   …

기정   말이 아무나지. 진짜 아무나냐 넌?

미정   … (듣기 싫어 딴 데 보고)

기정   어려서 개똥이랑 놀더니… 남자를 골라도 꼭…

미정   … (듣기 싫어 술을 마시고)

기정   좁은 동네에서 어쩔라고.

미정   뭐가 무서운데?

기정   !

미정   평생 그렇게 사람 가려 만나서, 잘된 거 있어? 우리의 실수는 아
        니다 싶으면 연습 기회로도 삼지 않고 그냥 패스한 거라며? 그
        래서 여태 아무 일도 없었던 거라며?

기정   그래서?

미정   연습할 거야, 이제.

기정   뭘 연습하는데? 알콜중독자랑.

미정   …! (어우씨)

기정   알콜중독 아니라고 하지 마. (마시려다가) 내가 더 마신다고 하
       지 마.

       미정이 또 마시고. 분위기가 무거운데

현아   (E) 언니.
기정   조용해 넌.

       현아는 고개 숙이고 다리 사이로 의자만 잡고 앉아 있고. 딴 데를 봤
       다가 잔을 홀짝였다가. 미정도 굳은 얼굴로 역시 딴 데 보고. 그때 현
       아의 핸드폰이 울려서 받고.

현아   어. (늦어?) 좀. 집에 가 있어. (금방 와?) 금방은 힘들고. 냉동실에
       피자 있어. 음.

       그런 현아를 흘겨보는 기정.
       현아가 통화를 끝내고 핸드폰을 놓으면

기정   헤어질 거라더니.
현아   헤어졌죠!
기정   ! (그새 또?)
현아   촌스럽게 왜 이래 진짜.
기정   …너(미정) 얘랑 놀지 마. 너(현아) 앞으로 미정이 만나지 마. 물
       들었어 기지배가.

불쾌한 미정. 무거운 침묵. 이내 덤덤히 말하는 미정.

미정   찬혁 선배 만날 때, 직장 그만두고 사업한다고 했을 때, 좋았어.
           사람들이 남친 뭐 하냐고 물어보면, '사업해.' 그 한마디가 있어
           보여서. 근데, 너무 잘나가니까 불안했어. 우린 결혼도 안 했는
           데. 불량으로 계속 반품 들어오고 점점 어려워지면서, 어느 때보
           다 옆에 붙어서 잘해줬어. (아직도 불편한) 들킨 것 같았어. 내가
           안도하는 거.

           미동도 안 하고 가만히 있는 두 사람…

미정   누구랑 있으면 (내가) 좀 나아 보일까. 누구랑 짝이 되면. 그렇게
           고르고 골라놓고도, 그 사람을 전적으로 응원하진 않아. 나보단
           잘나야 되는데, 아주 잘나진 말아야 돼. / 전적으로 준 적도 없
           고. 전적으로 받은 적도 없고.
둘   …
미정   다신 그런 짓 안 해. 잘돼서 날아갈 것 같으면 기쁘게 날려 보내
           줄 거야. 바닥을 긴다고 해도 쪽팔려하지 않을 거야. 세상 사람
           들이 다 손가락질해도, 인간 대 인간으로, 응원만 할 거야.
둘   …
미정   부모한테도 그런 응원 못 받고 컸어, 우리.

           미정은 말끝에 살짝 울컥. 얼른 술을 마셔버린다.
           기정도 마음이 안 좋은데.

어디선가 훌쩍이는 소리.

현아가 고개를 틀고 앉아 흐르는 눈물을 손으로 털어내 허벅지에 닦고.

미정은 그런 현아를 보고 뭐라고 하기도 뭐하고. 그러다가

미정   왜 울어?

현아   (또 훌쩍)

미정   어어?

현아   (시선에 보이는 메뉴판) 닭똥집 시켜도 돼요?

기정   …시켜. (얼른 티슈로 눈물을 찍고)

현아   여기 닭똥집 하나요!

그리고 멋쩍어 말이 없는 세 사람.

32. 집. 거실과 주방 (밤)

묵묵히 밥을 먹고 있는 창희.

제호와 혜숙도 있고. 한마디도 없이 먹기만 하다가

창희   아부지. 제가. 그냥. 한번 말해봐요. 말 안 하고 그냥 넘어가긴
        아쉬워서. 진-짜 그냥. 그냥 말해보는 거니까 편하게 들으세요.

제호는 들은 척도 안 하고 먹고, 혜숙은 이놈이 또 무슨 소리를 하려
고 그러나 싶어 제호 눈치가 보이고.

창희   좋은 점포 하나 나왔는데, 권리금에 보증금이 3억인데, 점주가 가져가는 순이익이 월 800에서 천이에요.

혜숙은 조용히 한숨이 나오고. 또 부자가 한판 붙겠구나 싶어 조마조마

창희   그 자리에서 10년 하셨어요. 못해도 10억 버신 거죠. 3억 들이고. / 매출액 증빙 자료 갖고 오라고 하면 다 갖고 와요. 그렇게 장사가 잘되는데 주인은 왜 접냐? 낼모레 80이세요. 자식이 둘 있는데, 하나는 미국, 하나는 여수에 살아요. 받아서 할 사람이 없어요.

제호   (먹기만)

창희   제가 돈 벌자는 게 아니고요. 회사 때려치고 편의점 사장으로 앉아서 제가 월 천 벌겠다는 건 아니고요. 줍줍이라고, 이런 건 주워 가는 사람이 임자예요. 이런 쏘스 원하는 사람 많은데, 제 담당 지역이라 저한테 제일 먼저 제의 들어온 거예요. 생각 있으시면, 아버지 돈 뿔리시라고요.

한마디도 없고 먹기만 하는 제호. 조마조마하며 먹는 혜숙.
침묵이 흐른다. 그렇게 조용하다가

제호   (쳐다도 안 보고) 나 먹고살 건 내가 알아서 해.

혜숙   …

제호   하고 싶으면, 니가 3억 만들어서 해. 안 말려.

창희   …!

이럴 줄 알았다. 그냥 말없이 먹는 창희.
답답하고 서러운 걸 참느라 한참 만에 대답을 한다.

창희   네.

꾸역꾸역 먹는 창희.
다들 슬프고 답답한 분위기.

33.   창희 방 + 거실과 주방 (밤)

#한쪽에 선풍기가 돌고, 창희는 방 가운데 맥 놓고 앉아 있다.
선풍기 소리도 신경에 거슬리는지 툭 꺼버리고.
그때 혜숙이 갠 빨래를 들고 와 놓고 나가다가

혜숙   정 하고 싶으면 엄마가 해줄게.
창희   !
혜숙   (나가며) 이혼하면 내 몫으로 3억은 떨어지겠지.
창희   (답답) 제가 하고 싶다는 게 아니고요! 남들은 다 이렇게 돈 뿔
        리는데…

#혜숙은 상관없이 주방으로 가 움직이고.

#그만하자 싶은 창희. 에잇. 다시 선풍기를 켜고.

34.   희선 가게 (밤)

유쾌하게 떠드는 목소리로 왁자한 술집. 희선이 분주하게 움직이고.
딸랑 문 열리는 소리에, "어서 오세요." 하는데 들어오는 사람은 기정,
미정, 현아. 기정은 취해서 엄청 상냥하고. "안녕하세요?" 미정이 태
훈을 보고는 어? 태훈도 미정을 보고는 어? 하는 표정인데, 미정 뒤에
서 쫓아 들어오던 현아가 핸드폰을 보며 환호성.

현아   예!! 에어컨 리모콘 찾았대. (그러다가 다급하게 핸드폰 보며) 더
        이상 뒤지면 안 돼. 뭐 나올지 몰라. 거기까지. 스톱.
기정   (자리 잡으며) 경선이는요?
희선   교육 있어서 늦는대.

35.   창밖에서 보이는 가게 안 풍경 (밤)

현아는 좁은 홀 가운데 서서 문자를 찍는데 취해서 느리고. 사람들은
현아를 피해서 움직이고. 태훈은 기정에게 인사하고, 미정에게 여긴
어쩐 일이냐 등등의 대화를 하는 모습. 핸드폰을 끝낸 현아도 테이블
에 앉고.

36.   희선 가게 (밤)

모든 테이블이 시끄러운 분위기. 기정이 일어나 맥주가 든 냉장고로
가서 문을 열려고 하는데 압력이 세서 한 번에 열지 못하고, 서빙을
하고 온 태훈이 뒤늦게 보고 얼른 열어주고.

태훈   달라고 하시죠.

기정   퇴근하시고 피곤하신데.

태훈   손님 많을 때만 하는 거예요. 오늘 같은 날 드물어요.

기정이 맥주를 두 병 집어 드는데, 그때 "사과하세요!" 하는 여자 목
소리. 동시에 천천히 거길 보는 기정과 태훈. 모든 테이블이 자신들의
얘기로 시끄럽고, 미정과 현아도 그쪽을 보지 않는데, 두 사람만 그
말이 귀에 꽂힌 듯. 여자가 또 말한다. "사과하시라구요!" 웃는 걸로
봐선 심각한 분위기는 아닌 듯.

태훈   일반인도 저런 말을 하네요.

기정   (눈이 번쩍) 저 말, 나만 불편한 거 아니죠?

태훈   저도 불편해요.

기정   (억울해 울겠는) 그죠? 회사에서 어떤 조사원이 나한테 '사과하
        세요' 그러는데, 그냥 심장이 막 뛰면서, 말문이 막히는데. '(멍)
        내가 뭘 잘못했지?'

태훈   나 기분 나쁘다, 너 잘못했다, 거기까진 말할 수 있어요. 근데
        '사과하세요'는 논쟁의 여지를 틀어막고 그냥 결론 낸 거잖아

요. 난 피해자, 넌 가해자.

기정   (답답했던 감정을 태훈이 일목요연하게 정리해 준 느낌. 격하게 동
조) 그죠? 그거죠? (억울) 아. 그건데. 어우. 그 말 듣는데 진짜…
갑자기 사형선고 맞고… 구덩이에 떨어져서… 시멘트까지 부어
진 느낌이라고 해야 되나… 그 정도로 나쁜 인간이 된 것 같아
서 한숨도 못 자고… 근데 히트는. 제가. 다음 날 사과했다는 거.
뭘 잘못했는지도 모르면서. (여전히 억울한)

태훈   (피식) 착하시네요.

기정   그 여자가 아는 거예요. 그 말에 사람들이 얼마나 당황하는지.
아니 '사과하세요'가 무슨 신종 싸움의 기술이야? 선빵의 기술
이야?

태훈   …옛날에 사과는 참 멋진 행동이었는데. 그죠? 어떤 한 인간이
뼈를 깎는 고통을 감내하면서 자신을 성찰하고 용기 내서 하는
게 사과였는데, 어쩌다 사과가 강요에 의한 비굴한 행동이 됐는
지 모르겠어요. 이제 더 이상 용기 있게 사과하는 사람을 볼 때
의 그 감동을 느끼기 어렵게 됐다는 게 참… 그래요…
그런 말을 하는 태훈을 빠져드는 눈빛으로 보던 기정.

기정   근데. 저. 사과하고 싶어요.

태훈   !

기정   그때.

태훈   (아!) 하셨잖아요. 로또도 열 장씩이나 주셨으면서.

기정   아뇨. 제대로 안 했어요. 대충 어물쩍 넘어갔어요. / 비록 이혼했
지만 제일 잘한 게 결혼이란 말. 결혼 안 했으면 어디 가서 이렇

게 사랑스런 아이를 만날 수 있겠냐는 말. 오랫동안 마음에 박
혔었어요. 그렇겠구나… / 그렇게 소중한 관계를, 제가 술자리
에서 함부로 떠들었어요. (정중히 고개를 숙이고) 죄송해요.

태훈   (고개 숙여) 아우. 별말씀을. 괜찮습니다.

기정   (더 숙여) 정말 죄송합니다.

태훈   (더 숙여) 정말 괜찮습니다.

기정   따님한테도 사과해야 되는데.

태훈   (얼른) 하지 마요. 안 하는 게 나요.

현아   (E) 맥주 데워요?

맥주병을 두 손으로 꼭 쥐고 품에 안고 있던 기정.

현아   꼭 끌어안고 뭐 하는 거야?

손님   (E) 여기 500 네 잔이요!

태훈   네!

태훈이 분주하게 다시 움직이는데, 맥주를 품에 안고 제자리로 가는
기정의 표정이 흐물흐물 설렌다.
컷 튀면, 여전히 모든 테이블이 시끄럽고, 기정과 현아가 목청껏 자기
얘기를 해대는데, 미정은 장난스레 귀를 틀어막고 있다. 너무 시끄럽
다는 듯.

현아   빵점짜리를 만날 수 있어야 100점짜리도 만날 수 있는 거라고
요! 언니는 맨날 자기 수준에서, 64점 238 언저리에서.

기정   (OL) 야! 인간적으로 내가… 78점은 된다!

현아   (OL) 그건 언니 생각이고요.

기정   (OL) 그 정돈 돼!

현아   (OL) 그냥 점수 자체를 잊으라고요. 제발 자신의 수준을 어따가 묶지 말라고요! 남들이 묶는 것도 모자라서 나까지 나를 묶어요? 왜요?

귀를 막고 미소 짓고 있는 미정의 얼굴에서 서서히 몽환적인 분위기. 미정의 목덜미를 끌어안고 뽀뽀를 하는 현아. 미정은 찡그리며 간신히 빠져나오고. 그러다가 핸드폰에서 구씨와의 대화 창을 보는데, [오늘 늦어요. 언니랑 한잔해요.]라는 글을 읽었는데 답은 없고. 또 뭐라고 써 보내고, 취해서 미소 띠며 이리저리 보는 모습 위로

미정   (E) 자꾸 답을 기다리게 되는 마음은 어쩔 수 없지만, '두고 봐라. 나도 이제 톡 안 한다…' 그런 보복은 안 해요. 남자랑 사귀면서 조용한 응징과 보복… 얼마나 많이 했게요.

37.   구씨네 (밤)

싱크대 쪽에 가만히 서 있는 구씨의 등.
그런 내용의 미정의 톡을 보고 있다.

미정   (E) 당신의 애정도를 재지 않아도 돼서 너무 좋아요. 그냥 추앙

만 하면 되니까, 너무 좋아요.

38.   몽타주 (밤)

#달리는 택시 안에 있는 기정과 미정.

기정은 늘어져 자고, 미정은 차창 밖을 본다.

#구씨는 여전히 미정과의 대화 창을 보고 있는데, 핸드폰이 어두워지

자 다시 전원을 누르고 본다. 취했는지 살짝 비틀거리며.

#달리는 택시 안에서 보면, 저 멀리 불 켜진 구씨네가 보인다.

미정은 그런 구씨네를 보다가 구씨네가 가까워지자 찰칵 사진을 찍

는다.

#저 멀리 집 앞에 택시가 서고. 두 명이 내리고.

택시가 천천히 돌아서 나온다. 구씨네는 여전히 불이 켜져 있고.

39.   동네 일각 (다음 날, 낮)

두환은 냄비며 반찬 통이며 빈 그릇을 챙겨 나와 창희네로 가는데, 괜

히 구씨네를 보며 쭈뼛거리게 되고. 그렇게 조용한 구씨네를 지나쳐

오면, 등 뒤에서 구씨가 나오는 소리. 어떡하지? 싶은 두환. 결국 돌아

보며

두환   (상냥) 안녕하세요.

구씨   …

구씨는 별말이 없고. 두환은 다시 어색하게 앞장서 가는.

40.   집. 거실과 주방 (낮)

창희가 땀을 삐질삐질 흘리며 김치볶음밥을 만드는 중. 이미 계란 프라이는 부처놨고. 미정은 식탁에 앉아 반찬 몇 개 놓고 밥 먹는데, 막 들어온 두환이 그릇을 한쪽에 놓고,

두환   어우. 오다가 구씨 보고 어색해 죽는 줄 알았네.
창희   …

두환은 미정 앞에 앉고, 미정이 수저와 젓가락을 두환 앞에 놔주는데

두환   마주치면 어떡해야 되나, 연습까지 하고 나왔는데, 뒤에서 나타나는 건 예상을 못 했네. 허를 찔렸어. 나오는 소린 들었는데, 이걸 돌아봐야 되나 말아야 되나. 타이밍 놓치고, 드럽게 어색하게 인사하고. 어우.
미정   (무슨 얘긴가 싶은 얼굴이고)
두환   어제 창희가 구씨네서 불러서 갔는데, 깜!!짝 놀랐다. 방 안에서 빛이 장난 아니게 뿜어져 나오는데, 방에 외계인 있는 줄 알았잖아. 가봤더니 방에 쏘주병이 까-득이야.

미정	!
두환	마침 해가 그 방에 딱 떨어져서, 방 안이 후끈후끈. 둘이 그거 치우다가… 구씨한테 욕 바가지로 먹고. 바가지는 아니었는데. 쫌. 그랬어. (얼굴 쓸어 올리며) 청소해 주다가 욕먹고, 민망해 디지는 줄 알았네.
미정	…도와달라고 했어?
두환	…
창희	(볶음밥만 만드는 표정)
미정	치워달라고 했냐고?
두환	…
미정	근데 왜 함부로 들어가서 손대?
창희	그럼 봤는데 그냥 나오냐?
미정	(먹다가) …인간을 갱생시키겠다는 의도가 너무 오만해.
창희	! (열받고)
두환	누가 누굴. 오만 아니다. 혼자 버릴 수 없는 양이었다고.
미정	혼자 버릴 수 없는 양을 혼자 먹었어. 그걸 들켰어.
창희	(휙 돌아보며) 뭘 들켜? 몰랐어, 우리가?
미정	…
창희	동네 사람들 다 알아!

침묵. 분위기가 어색해지고. 미정이 먹은 걸 주섬주섬 챙겨 일어나 개수대로. 그 자리에 창희가 김치볶음밥 프라이팬을 놓고 앉고. 개수대에서 설거지하는 미정.

41.   공장 앞 (낮)

짐칸에 싱크대를 실은 제호와 구씨가 용달에 오른다. 구씨가 운전
석에.

42.   집. 거실과 주방 (낮)

창희와 두환이 마주 앉아 먹는데, 그때 용달이 나가는 게 보이고.

창희 봐 씨. 내가 이따 싹 다 내다 버린다. (두환에게) 빨리 먹어. 저 인
      간 없을 때 다 갖다 버리게.
두환 (울겠는) 하지 마아.

그때 쿵쿵쿵 하는 소리. 기정이 만신창이 몰골로 터벅터벅 나와서는
냉장고에서 물을 꺼내 마시고. 식탁에 돌아앉아서 가만. 기진맥진해
서 어깨 축 늘어뜨리고 가만.

두환 어제 많이 드셨나 부네…
기정 …

창희는 기정을 처다도 안 보고 먹으면서 구씨네 쪽만 흘겨보는데, 그
때 핸드폰이 울려서 액정 확인하고 받고.

창희　네, 점주님. 네. (가만히 듣는. 뭔가 이상한. 일어나 방으로 가며) 언제요?

그제야 기정이 식탁에 똑바로 앉아 김치볶음밥을 먹기 시작하고.

43.　집. 창희 방 + 거리 일각 (낮)

통화 중인 창희

창희　점주님한테 전화 왔는데, 누가 벌써 건물주하고 거기 임대차 계약을 했대요. 가게 그만한다고 하니까 건물주가 부동산에 내놓은 거 같은데…

팀장　(깝깝하고) 왜 우리랑 상의도 없이 가게를 내놓고. (일단) 계약한 사람 누군지 알아봐. 뭐 하려고 계약했는지. 그 자리 뺏기면 안 돼.

창희　네. (사이) 네. 네.

44.　동네 외경 (밤)

귀뚜라미 우는 밤.
적막한 동네.
어두운 공장 앞에 세워진 용달.
구씨네 집 앞에, 내다 놓다가 만 빈 병.

45.   구씨네 (밤)

창희가 준 잔에 소주를 따르고, 천천히 마시는 구씨.
눈두덩이 벌겋다. 취기에 좀 풀어진 느낌.

구씨   적당히 했어야 되는데… 너무 열어줬어. (창희와 두환에 대한 얘
       기)

뚝 떨어진 곳에 미정이 앉아 있다.
현관이나 창가나 바람이 제일 많이 들어오는 곳에.
바람에 살랑대는 머리칼.

구씨   괜찮을 땐 괜찮은데, 싫을 땐… 눈앞에 사람이 왔다 갔다 하는
       것도 싫어. 눈앞에 왔다 갔다 하는 사람이, 말을 하면 더 싫어(말
       끝에 피식). 쓸데없는 말인데 들어야 하고. 나도, 쓸데없는 말을
       '해내야' 하고.
미정   !
구씨   뭐라고 말해야 되나, 생각해 내는 일 자체가… 중노동이야.
미정   … (피식) 나도 그런데.
구씨   … (설마)
미정   하루 24시간 중에 괜찮은 시간은 한… 한두 시간 되나. 좋은 시간
       도 아니고 그냥 괜찮은 시간이 그 정도. 나머진 다, 견디는 시간.
구씨   …!
미정   어려서부터 그랬어요. 신나서 뛰어노는 애들 보면, 그 어린 나이

에도 심난했어요. '뭐가 저렇게 좋을까. 난 왜 즐겁지 않을까…'

구씨   …

미정   먹고 자고 먹고 자고… 쓸데없이 허비되는 시간이 왜 이렇게 길
         까… 80년 생을 8년으로 압축해서 살아버려도 하나 아쉬울 것
         없을 것 같은데.

구씨   …

미정   하는 일 없이 지쳐…

구씨   …

미정   그래도, 소몰이하듯이, 어렵게, 어렵게, 나를 끌고 가요. '가보자.
         왜 살아야 하는지, 왜 그래야 되는지 모르지만, 사는 동안은 단
         정하게, 가보자.' 그렇게… 하루하루… 어렵게, 어렵게… 나를
         끌고 가요…

구씨   … (되뇌는) 소몰이… (괜히 딴소리) 본 적 있나 부네?

미정   어려서 몇 번.

구씨가 미정을 보다가 일어나 냉장고로 가 냉동실에서 아이스크림이
든 봉지를 꺼내,
미정 앞에 내려놓고 도로 소파에 앉는다.

미정   (봉지 안을 보고) 웬 아이스크림?

구씨   샀어.

미정   (웬일로?)

구씨   취해서.

미정   …!

| 구씨 | 취했을 때의 내가, 맨정신일 때의 나보다 인정이 많아. |
| 미정 | (한 입 먹고) …좋은데? (취했을 때 인정이 많다는 게 좋다는) |

그렇게 뚝 떨어져서 한 사람은 술을, 한 사람은 아이스크림을 먹는데서.

46. 동네 외경 (다음 날, 낮)

47. 구씨네 (낮)

구씨가 소주잔을 씻어서 선반에 올리고. 싱크대 위의 휴지 쪼가리들을 주섬주섬 치우면서, 시선에 보이는 빈 소주병을 본다. 그러다가 가만. 그러다가 순간 빈 소주병을 들고 방으로 뚜벅뚜벅.
망설임도 없이 병을 치우기 시작.
창희와 두환이 두고 간 포대에 병을 담고.
일꾼처럼 빠른 손놀림.

48. 편의점 (낮)

건물주가 창희에게 설명하고, 점주도 같이 있는 자리.

건물주	내가 내논 게 아니고, 부동산에서 먼저 전화가 왔다니까. 거기
	편의점 그만한다는데 맞냐고. 내가 무슨 소리냐고. 그래서 할아
	버지(점주)한테 물어봤더니 맞다고. 그만할 거라고.
점주	난 부동산에 안 내놨어. 내가 왜 내놔? 주인이 내놓는 거지.
건물주	나도 안 내놨어요. 근데 누가 어떻게 알고 벌써 부동산에 왔대.
	이 가게 계약하고 싶다고.
창희	혹시 뭐 하려고 계약했는지…
건물주	편의점 할 거라던데.
창희	어떤 편의점…?
건물주	이 편의점. 똑같은 거.
창희	?
건물주	딸이 여기 본사 다닌다고 하던데. 옛날에 여기 담당했었다고.
창희	!
점주	(감이 오고. 안타까운) 에헷!
창희	(보는)
점주	왔었어. 그제. 에잇!

49. 창희 회사. 사무실 (낮)

아름은 짐짓 멀뚱한 얼굴로 앉아 있고,

그 옆에 창희는 덤덤히 서류만 정리하고,

강 팀장은 미소로 조곤조곤 말하나 아름의 수작은 다 간파했고

강 팀장 나한텐 말했어도 되지 않았냐?

아름 (억울한 듯) 저도 아빠가 바로 계약할 줄은 몰랐죠. 근처 갔다가 간만에 점주님도 볼 겸 들렀더니 그만두실 거라고, 거기 잘되는데 왜 그만두는지 모르겠다고, 그냥 지나가는 말로 했는데, 그렇게 바로 계약하실 줄은 진짜 몰랐죠.

강 팀장 몰랐다는 게 말이 되냐? 딸이 편의점 본사에 다니는데 어떤 아버지가 딸한테 묻지도 않고 계약하냐? 부동산 먼저 치고 들어가는 건 또 어떻게 알아서?

아름 (욱해서, 핸드폰 들고) 진짜 아빠한테 물어봐요? 삼자대면해 봐요?

강 팀장 그만하자. (창희한테) 다행이라 생각하자. 다행이지 뭐. 경쟁사에 뺏긴 것도 아니고.

창희 …

아름 사람 되게 이상하게 만드네. 내가 뭐 수작 부린 것처럼.

강 팀장 (휘릭 아름을 보는 시선)

아름은 골난 얼굴로 있다가 기분 나쁜 듯 휙 일어나 나가고.
강 팀장은 저게 싫은 눈빛. 창희는 덤덤하고 초연한 얼굴.

50.   ATM 기기 부스 (낮)

대여섯 대의 기기가 있는 부스.
긴 줄 끝에 서 있는 창희. 열받아 울겠는 얼굴.

더운지 부채질하는 사람, 옷을 잡아 터는 사람 등등.

그 줄 끝에 울분을 꾹 누르며 서 있는 창희.

컷 튀면, 창희는 줄 중간쯤에 왔고. 앞사람에게 들릴까 봐 고개 푹 숙

이고 낮은 목소리로 통화하는데, 울분이 느껴지는 목소리.

창희   왜 우리 아부진… 정 선배 아부지가 아닐까… / 그 지점, 임대료

지원해 주자고 우긴 거 나다. 내가, 정 선배 임대료 깎아줬다.

(짜증 나 미치겠는) 꼬오옥 이래. 진짜 꼬오오옥 이래. 내가 제--

일 싫어하는 인간이 꼭 다 가져. / 이제부터, 내가, 목숨 걸고 정

선배 사랑한다. 내가 세상 제일 사랑하는 사람을 정 선배로 만

든다. 그래서, 개,쪽박 차게 만든다. 기다려봐. 조만간 내 사랑의

위력을 볼 거야. (열받아 시뻘게진 눈을 꾹 눌러 닦고)

컷 튀면, 전화는 끊었고, 앞에 두 명만 남은 상황.

그런데 기기를 만지고 있는 남자가 끝낼 생각을 안 한다. 터치하는 동

작도 느리고. 기기 위에 통장도 여러 개가 쌓여 있고. 돌겠는 창희. 옆

기기의 사람들은 빠르게 회전되는데, 꼼짝도 않는 창희 줄. 창희는 남

자의 뒤통수를 노려봤다가 심호흡하며 딴 데 봤다가… 명상을 하듯

눈을 감고 그렇게 화를 누르고 있는데, 그때 뒤에 선 남자(60대)가 창

희를 톡톡 치고.

남자   저기…

돌아보는 창희 얼굴에서.

51.   도심 일각 (낮)

기정과 진우가 점심 먹고 오는 길인 듯, 둘이 재잘대며 오는.

기정   제가 원래 10시면 쓰러져 죽을 것 같거든요. 근데 새벽 2시가
        넘어가는데도 쌩쌩해. 술이 쭉쭉 들어가는데, 하마터면 그 사람
        한테 (흉내) 윙크할 뻔했다니까요. 너무 좋아서. 되도 않는 윙크
        를. 어우⋯
진우   노노노. 윙크 노. 지구상에 어디에도 이제 윙크하는 인간은 없어
        요. 멸종됐어요. 언제 적 윙크예요.
기정   (제자리에서 통통통) 그러니까요!!

저 앞에서 김 이사, 이 팀장, 은비 등 대여섯 명이 무리 지어 가는데,
은비가 힐끗 뒤를 돌아보고는 골난 듯 뚜벅뚜벅 앞질러 가버리고.
이 팀장이 그런 은비의 기운을 느끼고 기정과 진우를 슬쩍 돌아본다.
살가운 기정과 진우. 묘한 느낌으로 둘을 보고 가는 이 팀장.
눈치 없이 여전히 다정하게 재잘대는 기정과 진우.

52.   커피숍 앞 (낮)

담담한 얼굴로 창가에 앉아 핸드폰 보고 있는 창희.
핸드폰을 치워두고. 가만히 있다가 피식 옅은 미소. 좀 전과는 사뭇
다른 분위기.

그렇게 앉아 있는데, 현아가 옆으로 들어오고.

"왔어? 뭐 마실래?" 그러면서 계산대로 가는 두 사람.

53.   커피숍 (낮)

다시 그 자리에 음료를 놓고 앉아 있는 창희와 현아.
창희는 별로 흥분하지 않고 말하는데,
듣는 현아는 혈압이 올라 어쩔 줄 몰라 하는 느낌.

창희   정 선배가 그렇게 먹은 편의점이 세 개란다. 가족 기업이야. 딸
     은 정보 넘기고, 아버지는 총알 쏘고. 똑같이 직장을 다녀도 누
     구는 월급쟁이고, 누구는 사업가고. 배워야 되는데, 배우기가 싫
     다. 나만 배우면 뭐하냐. 아부지가 배울 생각이 없는데.

현아   자리 한번 마련해. 정아름? 한 달은 실어증 걸리게 만들어준다.
     사람들이 웬만해선 함부로 못 한다는 걸 알아, 고년이. 그래서
     계-속 그딴 짓 하는 거야. 함부로 하는 나 같은 년을 만나봐야
     정신 차리지. 지금 잠깐 보자고 해.

     순간 현아가 창희 핸드폰 뺏으려 하고, 창희가 "에헤" 핸드폰을 사수
     하고.

창희   얘기 아직 안 끝났다.

현아   (심호흡) 그래. 듣자. 니 자랑. 뭐가 니 자랑인데?

창희   …그렇게 열받아서 돈 뽑으러 갔는데,

54.   ATM 기기 부스 (낮) - 회상

앞에 두 명만 있는 상황에서 기다리고 있는 창희의 모습 위로

창희   (E) 오늘따라 어디서 돈 처음 뽑아보는 인간들만 쏟아져 나왔
        나, 느려터지는데… 인간적으로 한 번만 뽑아야 되는 거 아니
        냐? 여러 번 뽑을 것 같으면 뒤로 가든가. 통장 쌓아놓고 느릿느
        릿… 열통 터져 죽는다는 게 이런 거구나…

심호흡하는 창희 모습 위로

창희   (E) '이러다 사고 친다…' 엎친 데 덮친다고, 꼭 이럴 때 사단 난
        다. 옛날에 친구 놈이 여친이랑 헤어지고 오늘 죽겠다고 술 처
        먹고 난리 치다가 옆 테이블이랑 싸움 붙어서 경찰서 갔는데,
        가서 보니까 옆 테이블에 그놈도 오늘 죽고 싶었대. 꼭 그런다.
        끼리끼리는 과학이라고, 꼭 비슷한 것들끼리 붙어서 사고 나. /
        (명상하는 듯한 창희 얼굴 위로) 조심하자… 까딱하다간 오늘 나
        처럼 누구 하나 죽도록 패고 싶은 놈이랑 들러붙어 사고 친다…
        조심하자… 그러고 있는데, 뒤에서 누가 톡톡 쳐.

창희가 돌아보면, 상냥하게 뭐라고 말하는 남자(60대).

창희   (E) 자기 버스가 금방 올 것 같은데, 먼저 뽑으면 안 되겠내. 좌
        석버슨가 부지. 2,30분에 한 대씩 오는? / (굳은 창희 표정 위로)
        기어이… 왔구나…

        굳은 얼굴로 남자를 보는 창희.

창희   (E) 어떤 말도 도-저히 곱게 안 나갈 것 같은 거야.

        결국, 미소를 띠며 물러서며, 앞서시라고 정중히 손을 내밀어 보이는.
        남자가 고맙다고 하며 앞에 서고.
        뒤로 물러선 창희가 왠지 더 불쌍해 보이는데

55.   커피숍 (낮)

        냉랭하게 창희를 보는 현아.

현아   그게 자랑이야?
창희   … (미소)
현아   …잘했어. (창희의 핸드폰 내놓으라는 손짓) 정아를 불러. 잠깐만
        보자고 해.

        창희가 핸드폰을 챙겨 들고 일어나고, 현아는 내놓으라며 따라 일어
        나고.

56.   ATM 기기 부스 (낮) - 회상

그 남자가 기기 앞에서 일을 보고 있고, 바로 뒤에 서 있는 창희.
일을 끝낸 남자가 급히 나가면, 창희가 기기 앞으로 다가서고.
순간 기기의 화면을 보고 잠잠해지는 창희의 얼굴.

창희   (E, 차분) 버스 놓칠까 봐 그랬는지, 그분이 너무 급히 나가서,
그분의 통장 상태를 봤어.

[INS. 기기 화면: 잔액이 부족하여 5만 원을 인출할 수 없습니다.]

창희   (E) 잔액이 부족해서 5만 원을 인출할 수 없다는.

그 화면을 가만히 보고 있는 창희 얼굴.
이내 화면이 초기 화면으로 바뀌고.
창희는 남자가 급히 나간 쪽을 본다.
그렇게 있는데

남성   (E, 뒤에서) 빨리빨리 좀 합시다.

기기를 누르는 창희의 표정이 담담하다.

111

57. 거리 일각 (낮)

천천히 걸어가는 창희와 현아.

창희   '양보하길 잘했다…' 마음이 풀리더라.

현아   (열받았던 게 내려가는 뿌한 얼굴)

창희   '이런 사람도 사는데' 그런 건 아니고. 그건 그분께 실례고. 내가
       남의 불행으로 위안 삼고 그런 형편없는, 놈이긴 한데. 그 아저
       씨한텐 그러고 싶지 않다. / 5만 원도 없어서 못 뽑았는데, 버스
       까지 놓쳤으면 얼마나 그랬겠냐. 가뿐하게 양보해 준, 가뿐하게
       는 아니었지만, 그래도 양보해 준 나 때문에, 버스는 놓치지 않
       고 가셨을 테니까…

현아   …

창희   내가 희한하게 그런 타이밍을 귀신같이 안다. 물러나야 되는 타
       이밍. 미친놈처럼 막 폭주하다가도 희한하게 제자리로 돌아와.
       주변이 그렇게 흘러.

현아   …

창희   난… 그런 팔자 같애. 가랑비 같은 팔자.

현아   ?

창희   강이나 바다처럼 크게 내 물줄기가 있는 건 아닌데, 가랑비처럼,
       티 안 나게, 여러 사람 촉촉하게 하는.

현아   …

창희   돈도 그 정도 있을 것 같고.

현아   …가랑비, 좋다.

창희   … (피식)

현아   그래도. 정아름은 잊지 말자.

창희   (피식. 걸음이 빨라지며) 이력서 갖고 왔지?

현아   어. (가방에서 이력서를 꺼내고)

편의점 앞에 다다르고. 창희는 문을 열어 현아를 들어가게 하고, 현아는 "안녕하세요" 하며 들어가고. "어머!" 반색하며 맞는 목소리. 창희가 들어가려다가 철 지난 포스터를 떼어 들고 들어가고.

58.   변상미 편의점 (낮)

물건 정리를 하던 중이었던 변상미는 현아와 이력서를 사랑스럽게 번갈아 보고,
창희는 떼어낸 포스터를 쓰레기통에 버리며

창희   이 프로모션 이제 끝났어요.

변상미   뗀다 뗀다 하고. / (현아 보며) 무슨 이력서까지 갖고 와. 염 대리 여친인데.

창희   저도 개 장담 못 해요. 정확히 보셔야 돼요.

변상미   (이력서 보며) 지현아. 이름도 어쩜.

창희   (이력서를 뺏어서 보고. 거짓말 있나 없나 확인 중. 자신의 핸드폰을 열어, 저장된 현아의 번호와 이력서에 적힌 번호가 일치하는지 확인 하는 동안)

변상미   언제부터 돼?

현아   오늘부터 당장 돼요.

창희   5885. 오. (이력서를 변상미에게 넘기며) 끝자리 좋네.

현아   외워라 좀. 난 니 껀 외운다.

변상미   (의외다 싶은) 염 대리 여친 번호도 못 외워?

창/현   (살짝 뜨끔. 들통날 뻔)

변상미   (현아도 의외다 싶고) 쿨한 커플이네.

        그때 손님이 들어오자 모두 잡담을 멈추고 일 모드로.
        창희가 계산대로 들어가고, 변상미와 현아는 상품 진열 작업.

59.   역사 근처. 편의점 앞 (낮)

        편의점 주인이 용달에 가득한 공병을 보고 난감해하고,

주인   이렇게 많이는 못 받아. 하루에 1인당 30병 이상은 못 받게 돼
        있어. 그때그때 갖고 오지.

구씨   …

주인   이걸 어뜩한대.

60. 고물상 (낮)

용달 짐칸이 비워져 있고, 한쪽에 구씨가 가져온 공병 포대가 쌓여 있다. 고물상 주인이 구씨에게 2만8천 원 정도의 돈을 준다. 고개만 숙여 인사하고. 용달에 오르는 구씨.

61. 동네 일각 (낮)

(용달을 주차해 놓고) 편의점 봉지를 들고 공장 쪽에서 오는 구씨.
운동복을 입고 오토바이를 몰고 오던 두환이 오토바이에서 내려

두환 안녕하세요.
구씨 (봉지에서 뭔가 꺼내 던지며) 자!

두환은 얼결에 받고. 보면 칼몬드류의 깡통 안주. 뭔가 싶은데.

구씨 병 팔았다.

그 돈으로 샀다는, 나름 화해의 제스처. 하나 더 던진다.

구씨 니 친구 꺼. (집으로)
두환 감사합니다!

두환은 몰래 구씨네 담벼락 쪽으로 가서 깡총깡총 뛰어서 방 안을 보고

두환   진짜 다 팔았네…

62.   구씨네 (낮)

집에 와서 핸드폰을 보면 미정이 보낸 사진과 톡이 있고.

[INS. 미정이 밤에 불 켜진 구씨네 집을 찍은 사진

그 아래 미정의 글.

저 안에 사는 남잔 저 시간에 뭐 하고 있었을까.]

63.   미정 회사. 사무실 + 구씨네 (낮)

#미정이 일하는데 핸드폰이 진동으로 울려서 보면.

　[한잔하고 있었겠지.] 하는 구씨의 답.

　미소가 번지는 미정. 뭐라고 톡을 찍는데…

#진동으로 핸드폰이 울려서 구씨가 보면…

　미정: (E) [당신 톡이 들어오면 통장에 돈 꽂힌 것처럼 기분이 좋아요.]

　그걸 보는 구씨는 뭔가 덩달아 잠잠해지는 기분…

#지희가 손에 핸드크림을 바르며 모니터를 보는데,

　기분이 좋은 미정이 순간 지희와의 어색한 관계를 까먹고 아무렇지

　않게

미정   우리 퀵 서비스 전화번호 바꼈지? 몇 번이더라.

지희   ! (살짝 당황) 잠깐만. (여기저기 뒤져 찾고) 여기.

미정   땡큐. (자리로 가려다가) 근데 무슨 냄샌데 좋다?

지희   응? 아. 핸드크림. (보여주는) 이거.

미정   (열어서 향을 맡아보고) 좋다.

지희   좋지? 하나 사줄까?

미정   됐어.

지희   얼마 안 해. 사줄게. (미정의 손등에 짜주며) 한번 발라봐.

그런 모습을 제자리에서 보는 수진의 눈빛. 보람의 눈빛.

64. 구씨네 (낮)

#구씨가 엎드려 걸레(수건)로 방바닥을 미는데, 마무리할 때 되면, 걸레가 엄청 시커메지고, 먼지가 수북한.

#시커먼 걸레를 빨고, 탈탈 털며 나와 다시 거실까지 밀고.

#싱크대 쪽에서 핸드폰을 들고 가만히 서 있는 구씨. 이내 찰칵 소리.

#손등의 향을 맡으며 일하다가 진동으로 울리는 핸드폰을 확인하는 미정.

구씨가 보낸 사진.

[INS. 깨끗해진 거실 사진. 그리고 방 사진.]

그 아래 구씨의 글.

구씨   (E) 백만 년 만에 청소했다. 깨끗해진 집에서 이제 내가 뭘 할 것 같애?

답을 찍는 미정.

#읽는 구씨 위로

미정   (E) 술 마셔야지.
구씨   (피식)

65.   역사 근처. 편의점 (낮)

구씨가 기다리고 있으면, 미정이 역사에서 나오고.
편안한 얼굴로 서로를 보는 두 사람.
둘이 같이 편의점으로 가고.

66.   달리는 마을버스 안 (낮)

뚝 떨어져 앉아 있는 미정과 구씨.
각자 봉지 하나씩 들려 있고. 구씨의 어깨엔 새로 산 청소 밀대가 걸쳐져 있다.
창밖의 풍경을 본다.

67.   구씨네 (밤)

맥주를 마시는 구씨와 미정.

구씨   오늘 하루, 어렵게, 어렵게, 나를 몰았다. 소몰이하듯이.

미정   (피식)

구씨   겨우내, 저 골방에 갇혀 마실 때… 마시다가 자려고 하면… 가
       운데 술병이 있는데. 그걸 (손으로 미는 시늉) 이렇게 치우고 자
       면 되는데, 그거 하나 저쪽으로 미는 게 귀찮아서 소주병을 가
       운데 놓고 알 품듯이 구부려서 자.

미정   …

구씨   그거 하나 치우는 게… (뭐라고 해야 되나) 내 무덤에서 내가 일
       어나 나와서 벌초해야 되는 것만큼, 암담한 일 같애. 누워서 소
       주병 보면서 그래… '인생 끝판에 왔구나… 다시는 돌아갈 수
       없겠구나…'

미정   …

구씨   백만 년이 걸려도 못 할 것 같은 일을 오늘 해치웠다. 잠이 잘
       올까, 안 올까?

미정   … (피식)

구씨   … (마시고)

미정   …무슨 일 있었는지 안 물어. 어디서 어떻게 상처받고 이 동네
       로 와서 술만 마시는지 안 물어. 한글도 모르고 에이비씨도 모
       르는 인간이어도 상관없어. 술 마시지 말라는 말도 안 해. 그리
       고 안 잡아. 내가 다 차면 끝.

구씨   ! (미소) 멋진데?

미정   (미소)

구씨   (마시려다가 문득) 추앙했다!

미정   좀 더 해보지. 약한 거 같은데.

구씨   … (멋쩍은지 외면하며 술을 마시는)

그런 두 사람의 모습에서

68.   개울 근처 (낮)

밭일하다가 쉬는 중이었던 듯 토시에 모자에 중무장을 한 창희와 두
환이 설전을 벌이고. 한쪽에서 앉아 쉬고 있는 미정. 구씨는 뚝 떨어
져 물을 마시고 있고.

창희   내가 저기 뛰면 얼마 줄래?

두환   내가 왜 줘야 되는데?

창희   내가 뛴다니까! (뛸 수 있다니까)

두환   뛰라니까!

창희   (거리를 확보하기 위해 가며) 아 나 진짜. / (구씨에게) 뛰기 전에
       팁 하나 주시죠?

구씨   하지 마.

창희   왜요?

구씨   저길 넘으려면 100미터 11초 플랫은 나와야 돼. 가속도가 붙어

야 되니까.

창희   ··12초 플랫은요?

구씨   (코웃음 치며 외면)

두환   마치 12초 플랫은 된다는 듯?

창희   돼애! (개울 쪽을 보며 계속 가고) 아무리 봐도 내가 건너. 가뿐하게 건너.

두환   그래. 해봐야지 별수 있냐.

미정   하지 마아!!

구씨   (제 오빠를 걱정하는 미정을 힐끗)

두환   (낄낄) 어디까지 가냐!

창희   (계속 가고)

두환   집에 가냐? (낄낄)

멈춰 서서 비장하게 개울을 보고 서는 창희.

미정   (일어나) 하지 말라고오!!

69.   구씨네 (낮)

조용한 구씨네 집에서 핸드폰이 진동으로 울린다. 전화인 듯 계속.

한참을 울리던 전화가 끊기고, 이어 문자(톡)가 들어오기 시작.

액정에 뜬 한 줄짜리 내용을 보면…

[구자경. 전화 좀 받아라.]

[도대체 어디 짱박혀 있는 거냐?]

[우리 움직일 타이밍이야. 움직여야 된다고.]

[이제 그만 숨어 있어도 된다고!]

70.   개울 근처 (낮)

전속력으로 달리는 창희. 멈출 생각을 안 하는.
설마설마하는 얼굴로 보는 무리.
개울에 거의 다다랐을 즈음, 구씨는 이미 속도로 간파한 듯

구씨   (혼잣말처럼) 안 돼.

그러나 멋지게 홀쩍 뛰어오르는 창희.
멋지게 뛰어올랐으나, 내려오면서 시야에서 사라진다.
첨벙 소리와 함께, 홀딱 젖어 개울에서 일어나는 창희.
히이익! 너무 차가워 괴성을 지르고.
놀라 뛰어왔던 미정은 "하지 말래니까!!" 성질을 내고.
구씨는 그런 미정을 보는 데서.

7

EPISODE

"정말 좋다 싶을 때, 반대로 심장이 느리게 가는 것 같던데. 처음으로, 심장이 긴장을 안 한다는 느낌?"

1. 동네 풍경 (낮)

두환의 기타 소리가 깔리면서 한가한 동네에 마을버스가 달리고.

땀을 흘리며 밭일을 하는 구씨와 미정.

좀 떨어진 곳에서 제호와 혜숙은 짝을 맞춰 일하고.

기정은 마당에서 손빨래한 블라우스를 옷걸이에 걸어 빨랫줄에 너는
데 물이 뚝뚝 떨어지고. 그러면서 멀리 밭에 있는 미정과 구씨에게 시
선이 닿자 뚱해지는 얼굴.

구씨가 미정에게 물병을 툭 던져주는, 밭일하는 사람들끼리의 사소한
동작도 왠지 의미 있어 보인다.

컷 튀면, 기정이 마당에서 뚱하니 차가운 음료를 마시고,

밭일하다가 들어오는 혜숙은 기정 앞을 지나며

혜숙   다들 일하는데 집구석에 가만히 앉아서… 양심도 없다… (들어
       가고)

기정   (억울해 목까지 올라오는 말을 한 번 삼키고) 쟤들 지금 일하는 거
       아니거든요! (크지 않게) 지금, 연애질하는 거거든요.

2. 카페 앞 (낮)

정훈이 커피숍 문을 열고 나오다가 멈칫.

정훈   으아… 뜨겁다….

두환이 뒤에서 쫓아 나와 햇볕에 세워진 정훈의 차를 보고는, 서둘러
정훈의 차 키를 뺏어 들고 정훈의 차로 가고, 그때 정훈 뒤로 젊은 여
자 둘(동료 교사. 곽 선생, 최 선생)이 나오고. 두환이 땡볕에서 차 문을
다 열어젖히고 시동을 거는 동안, 그들은 현관 아래 그늘에 서서

두환   차 좀 그늘에 잘 대지.
정훈   아깐 그늘이었어.
두환   당장 그늘에 대면 어뜩하냐. 나올 때쯤 그늘인 데 대야지.
정훈   그걸 어떻게 아나?
두환   해가 지는 방향도 모르냐? 좀 있으면 이 그늘이 어디로 가겠냐?
정훈   (건성) 지 가고 싶은 데로 가겠지. / (풍경 둘러보며) 여긴 눈 올
        때 눈 맞으면서 고기 꿔 먹을 때가 끝내줘요. 사방 하얗게 쌓이
        는 거 보면서… 모닥불에 고기 꿔 먹으면… 여기는 어딘가…
        낯선데… 아늑하달까…
곽 선생 (둘러보며, 상상하는) 좋겠다… (두환에게) 한번 초대해 주세요.
두환   (차 문을 열었다 닫았다 하며 열기를 빼는데, 그 말이 마음에 들어온
        표정) 그럼요.
곽 선생 꼭이요.
두환   네에.

컷 튀면, 정훈은 운전석에, 최 선생은 옆자리에, 곽 선생은 뒷좌석에.

정/최   간다. / 갈게요. 안녕히 계세요.

곽 선생   방학 끝나면 학교에서 봬요.

두환   네. 들어가세요.

정훈의 차가 움직이기 시작하고, 곽 선생이 차 안에서 손을 흔든다. 두환은 고개 숙이며 인사하다가 어정쩡하게 따라서 손을 들다가 말고. 차가 멀어지면 해맑던 얼굴이 씁쓸하고 잠잠해지는. 덤덤하게 돌아서고.

3.   두환 카페 (낮)

두환이 기타를 튕기는데 뭔가 씁쓸한 분위기.

4.   집. 거실과 주방 (낮)

(창희는 없고) 거실 바닥에서 상에 둘러앉아. 식구들과 구씨가 이른 저녁을 먹는 중. 한마디도 없이 먹다가.

제호   (마음에 걸렸던 듯) 왜 밭일하는 건 돈을 안 받겠대?

혜숙   (처음 듣는 얘기!)

기/미   (알겠고 / 먹기만)

구씨   (먹던 걸 멈추고) 제가 좋아서 하는 거라요.

제호   그래도 사람 일을 시키고 돈을 안 주면 쓰나. 받아.

구씨   진짜, 제가 좋아서 하는 거예요.

혜숙   그래도 우리 입장에선 그게 아니지. 주고받고는 정확히 해야…

기정   (OL, 쳐다도 안 보고 먹으면서) 좋아서 한대잖아요. 좋겠지 그럼,
        안 좋겠어요? 좋아서 하는 일을 가지고, 눈치 없이 자꾸 돈을 준
        다구 그래요.

        제호와 혜숙은 저게 왜 통박인가 싶은데, 구씨는 그러거나 말거나 상
        관없이 먹고, 미정은 조용히 참는 얼굴.

5.   집. 거실과 주방 (낮)

        미정은 거실을 밀대로 밀고, 기정은 골난 얼굴로 설거지.
        혜숙이 소쿠리를 들고 나가자 미정이 그제야 기정을 노려보는데

기정   뭐어?

미정   (으르는) 자꾸 그래.

기정   (살짝 움찔하다가) 내가 칼자루 쥐었어. 어따가 눈을.

미정   (밀대질을 하고)

기정   어떠냐? 동네 남자랑 동네에서 연애하는 기분이. 꼭 서울 것들
        같다? 한갓지게 동네에서 연애하고? (설거지하며 궁시렁) 맨날
        힘들게 버스 타고 전철 타고 서울로 올라올라 가야 남자가 있는
        줄 알았지. 차, 이런 들판에서도 남자 만날 수 있다는 건 상상도

못 했네. 경제적이고 좋다? 집에서 밥도 먹고?

하며 비아냥거리며 돌아보는데, 그때 혜숙이 빈손으로 다시 들어오자 기정은 얼른 다시 설거지를. 미정 역시 돌아서 밀대질. 혜숙은 칼을 챙겨 나가고.

6.   동네 일각 (낮)

두환이 신랑을 기다리는 새색시처럼 마을버스가 오는 방향을 보며 서성이고 있는데, 저 멀리 마을버스가 온다. 목 빼고 가만히 보다가 창희가 탄 걸 봤는지, 정류장 쪽으로 어슬렁거리며 걸어가고.
정차한 마을버스에서 내리는 창희. 지치고 배고파 예민한 상태.
두환에게 눈길도 주지 않고 빠른 걸음으로 집 쪽으로.

두환   넌 키 크고 말라서, 버스에 탔는지 안 탔는지 멀리서도 잘 보여.
창희   (힐끗. 뚱하니) 너도 잘 보여. 뚱뚱해서.
두환   …
창희   배고파 뒤지겠네.
두환   (집으로 곧장 가는 창희가 왠지 아쉬운) 많이 고프냐?
창희   뒤지게 고파.
두환   (제집 앞에서 발걸음을 멈추고) 그래… 밥 먹어라… 배고픈데.
창희   (뭔가 이상해 돌아보고) 같이 가. 같이 가 먹어.
두환   (괜히 어물쩍 딴청 피우며) 됐어. 생각 없어.

창희	왜애?
두환	…
창희	무슨 일인데?
두환	…곽 선생, 남친이랑 헤어졌대.

7.　집. 자매 방 (낮)

통화 중인 미정.

미정	알았어.

뚝뚝한 얼굴로 핸드폰을 끊고. 일어나 밖으로.

8.　집. 주방과 거실 (낮)

양푼에 밥을 퍼 담아 쟁반에 놓고, 또 다른 양푼에 제육볶음을 퍼 담는 미정.

9.　두환 카페 (낮)

창희가 옷도 갈아입지 않은 채로 미정이 가져온 음식을 먹고, 두환도

마주 앉아 먹고. 미정은 주방 안에서 둘러보며

미정   원두 없어?

두환   냉동실에.

창희   난 아이스아메리카노.

두환   나도. (크게 입에 욱여넣고)

창희   (두환을 보다가) 밥 생각 없대매?

두환   …없는 척해봤어. 센치해 보일라고.

창희   … (먹다가) 내가 몇 수저 입에 들어간 상황인 걸 다행으로 알아
라. 알지? 나 배고플 때 건들면 다 뒈지는 거.

두환   … (먹는)

창희   곽 선생은 언제 결혼한대냐? 빨리 좀 하라 그래. 맨날 사겼다 헤
어졌다 반복할 때마다 덩달아 기대했다 접었다… 너 이러다가
그 여자 결혼하면 이혼하기 기다린다.

두환   (헤어지기) 기다린 적은 없다. 한 번도.

창희   말 안 해도 알지? 안 되는 거.

두환   알지.

창희   …

두환   근데. 남친이랑 헤어졌다는 말 듣자마자 바로 심장이 또 막 뛰
어. (빙긋)

창희가 두환을 보는데, 안됐기도 하고, 답답하기도 하고.
미정도 두환을 보다가 혼잣말하듯 조용히

미정   난 그 말을 이해 못 해. 심장 뛰게 좋다는 말.

창/두   ?

미정   그 정도로 좋았던 적이 없었다는 말이 아니고, 뭐, 그렇게 좋았
던 적도 없지만, (보며) 내가 심장이 막 뛸 땐, 다 안 좋을 때던데.
당황했을 때, 화났을 때, 100미터 달리기 하기 전… 다 안 좋을
때야. 한 번도 좋아서 심장이 뛴 적이 없어. 정말 좋다 싶을 땐,

[INS. 1씬. 낮에 밭에서 구씨와 땀을 흘리고 각자 쉬던 모습 위로]

미정   (E) 반대로 심장이 느리게 가는 것 같던데. 뭔가 풀려난 것 같고.
처음으로, 심장이 긴장을 안 한다는 느낌?

미정   (스스로 접는) 내가 이상한가 부지.

창희   (두환에게) 염미정 쟤가 정답이야(맞아).

미정   ?

창희   좋을 땐 그냥 좋아. 심장이 뛸 땐… 잘하면 가질 수 있겠다 싶을
때. 폭풍 치는 기대 심리. 이런 거. 내 껀 그냥 내 껀가 보다 해.
너 월급 들어오는데 심장 뛰는 거 봤어? 내 껀데 왜 뛰어? 내 께
아닌데, 아니란 걸 알겠는데, 잘 하면 가질 수 있을 것 같을 때,
그때 심장이 뛰어. 남녀 관계도 똑같다. 결혼한 사람들 중에, 첫
눈에 내 짝인 줄 알아봤다는 사람들 얘기 들어보면 보자마자
'(덤덤) 음. 너구나.' 이런데. 가슴이 막 뛰는 게 아니고. '(덤덤)
음. 너구나.' 그냥 내 껀 거야. 인연은 자연스러워. 갈망할 것도
없어. 내 껀데 왜 갈망해? 부자들이 명품 갈망하는 거 봤어? 그
냥 사지. 내가 뭔가 죽어라 갈망할 땐, 저- 깊은 곳에서 영혼이

아는 거야. 내 께 아니란 걸. 갖고 싶은데 아닌 걸 아니까 미치는 거야. (말해놓고 문득) 이런 씨이. 그래서 내가 차를 못 모는 거였어. 아⋯

두환 (진지하게 듣던 터라, 진지하게) 영혼한테 알려줘. 몰 수 있다고.

창희 ⋯니가 해봐. 니가 영혼한테 알려줘 봐. 그 여자랑 잘될 수 있다고. 열-라 때려가면서 주입시켜 봐.

미정 (커피 만들며 피식)

10. 동네. 파출소 앞 (다음 날, 낮)

제호의 용달이 서 있고.
용달 짐칸에서 탈의실 옷장을 내려 안으로 들어가는 구씨.

11. 동네. 파출소 (낮)

이미 안에 옮겨놓은 옷장이 몇 개 있고.
제호가 (탈의실 쪽에서) 빈손으로 나오고,
구씨가 (탈의실 쪽으로) 옷장을 들고 사라지면,

경찰 (자리에서 일어나) 서류에 등본 빠졌던데 다음에 오실 때 한 장 갖다주세요.

제호 저번에 냈는데 또 내?

경찰   할 때마다 내래요. (나가고)

제호   (옷장을 들고 탈의실 쪽으로)

12.   동네. 동사무소 안 (낮)

제호가 창구에서 등본을 받아 들고 "수고하세요" 하며 돌아서다가
가만.
[INS. 등본 내용: 염제호, 곽혜숙, 염기정, 염창희 넷만 있는]
도로 창구로 가고.

제호   이거 잘못 나왔는데. 다섯 명인데 넷밖에 안 나왔어요. (등본을
       도로 넘기고)

직원   (그럴 리가. 다시 컴퓨터를 보는) 넷이 맞는데요.

제호   염미정이 빠졌는데.

직원   (화면 보며) 염미정 씬… 얼마 전에 딴 데로 전출됐어요.

제호   …어디로요?

직원   그건 따님한테 직접 여쭤보는 게…

제호   …!

13.   동네. 동사무소 앞 (낮)

제호가 동사무소에서 나오고,

134   EPISODE 7

운전석에 있던 구씨는 제호를 보자 시동을 걸고 창문을 올리는데, 제호는 등본을 보다가 반으로 접어 들고는 심난한 듯 딴 데를 본다. 바로 용달로 올 생각을 못하는 듯.

구씨   !

제호는 뒤늦게 용달 쪽으로.

14.   달리는 용달 (낮)

한적한 마을이 가까워지고.
제호가 대시보드에 반 접어둔 등본이, 차량이 덜컹거리면서 펼쳐지고. 구씨가 힐끗 보면, 미정이 빠진 등본.

구씨   !

창밖을 보고 있는 제호.

15.   공장 (낮)

제호가 등본을 보다가 서랍에 넣어두고는 목장갑을 끼는데, 심난해 뭘 해야 될지 모르겠는지 느릿느릿. 구씨는 모르는 척 일만 하는데,

핸드폰이 진동으로 울리고. 바로 보는 것도 아니고 할 것 다 하고 핸
드폰을 보는데, 미정이다.

미정   (E) 오늘 늦어요. 사내 동호회 활동 있어서. / 내가 말했나? 무슨
         동호흰지? / 해방클럽이라고 해방하고픈 사람들의 모임입니다.
         회원은 단 세 명. ㅋㅋㅋ

         아무것도 모르고 해맑은 톤.
         구씨는 그냥 핸드폰을 두고 다시 움직이는.

16.   미정 회사. 엘리베이터 안 (낮)

모르는 사람 두어 명이 있어서, 속닥이며 말하는 미정, 지희, 수진 또
래들. 형형색색인 서로의 손톱을 보며 괌 비치에 어울리는 네일 얘기
하다가

지희   염미정. 오늘 같이 가는 거다. 오늘 내가 반드시 그 헐벗은 손톱
         에 색 입힌다.
미정   (피식) 나 오늘 동호회 있다니까.
지희   아저씨 둘이랑, 셋이서 도대체 무슨 얘길 하니?
수진   오늘은 넷이라잖아.
지희   (헉) 그새 늘었어?
수진   행복지원센타 팀장님께서 참관하신단다.

모두   (헐…)

지희   참관도 해?

수진   우리랑 같은 생각인 거지! 아무거나 만들어놓고 동호회 한다고
       뻥치는 거 아닌가.

지희   (미정에게) 동호회 급조한 거 들통나기 전에 그냥 튀어. 그냥 이
       실직고하고 같이 손톱 하러 가자.

17. 미정 회사. 로비 (낮)

엘리베이터에서 내려서 보면, 태훈과 상민이 미정을 기다리고 있고,
그 옆에 생글거리며 미정을 보는 향기. 미정은 고개 숙여 인사하며 그
쪽으로 가고. 또래들은 정문으로 가며, 미정에게 얼른 이쪽으로 오라
는 눈짓. '와. 얼른 와.' 하는 표정.
그러나 미정은 그들과 함께 얘기하며 천천히 가고.
또래들은 먼저 나가면서 '헐…' 하는 표정.

18. 기정 회사. 사무실 (낮)

기정이 책상 아래에 쪼그려 앉아 버리는 것들은 박스에, 가져가야 되
는 건 커다란 돗자리 백에 담으며 정리. 책상 아래위 할 것 없이 짐들
이 많고, 싼 짐이 이미 한 보따리 있다.

기정   (책을 후루룩 펼쳐보고는 박스에 넣으며) 버려. (또) 버려. (또) 버
       려. (가져갈 건 돗자리 백에 넣고)

소영   드디어 정리하시는 건가요? (이미 싼 짐을 보며) 그때그때 가져
       가시지.

기정   집이 보통 멀어? 짐 들고 계단 오르다가 다 버리고 싶을 때가 한
       두 번인 줄 알아? 몸뚱아리도 어따 던져버리고 가고 싶어. (정리
       하며 또) 버려. 버려.

       컷 튀면, 다 쌓은 짐이 몇 보따리 있고, 자리에 앉아서 통화하는 기정.

기정   우리 회사 쪽으로 좀 와줘. 나 짐 많아. 혼자 못 들어. (사이) 웬
       동호회? 언제 끝나는데? (너무 늦는 듯) 어우씨… (기다려야 되나
       말아야 되나 갈등)

19.   1층 레스토랑 (밤)

       자기 생각에 빠져들 듯이 한곳을 뚫어져라 응시하며 말하는 상민.

상민   내가 숨 쉬는 것 다음으로 많이 하는 게, 시계 보는 거더라고. 툭
       하면 시곌 봐. 계속. '벌써 이렇게 됐나? 벌써?' 그러면서 종일
       봐. 하루 24시간, 출근하고 퇴근하고, 먹고 자고, 똑같은데, 시계
       는 왜 계속 볼까? (이유를 생각해 보니) 뭔가, 하루를 알차게 살아
       내야 한다는 강박은 있는데, 제대로 한 건 없고… 계속 시계만

보면서 계속 쫓기는 거야. (잠깐) 내가 평생 그랬다는 걸 알아채자마자 희한하게 바로 심장이 따.따.따. 가더라고. 그전엔 심장도 따따따따따따따… 이걸 알아채는 데 50년이 걸렸다는 게 참… (차분히 깊게 숨을 내쉬고)

태훈과 미정은 눈을 내리깔고 가만히 듣는데,
향기는 한마디 거들어야겠다는 생각에 집중해 듣다가

향기   저도 좀 그런 편인데. 다들 어느 정도 그런 강박은 있지 않나요?
그리고 부장님이 그렇게 시간을 일분일초도 허투루 흘려보내지 않고 알뜰하게 쓰셨으니까, 지금 사내 핵심 인력으로 계신 게 아닐까 싶어요. (생글생글)

상민   …'조언하지 않는다. 위로하지 않는다.' 저희 클럽의 규칙입니다.

향기   아. 네. (살짝 민망)

상민   (마무리) 시간에서 완전히 해방될 순 없겠지만, 할 만큼 했으면 쉬고, 잘 만큼 잤으면 일어나고, 그렇게 내 템포를 갖는 게 나한테 가장 필요한 해방 아닐까… 그래서 '내 템포대로…'라고 정했습니다.

향기는 끄덕끄덕.
테이블에 펼쳐진 상민의 해방일지 노트에, [나의 목표: 내 템포대로…]
그 아래에 내용이 적혀 있다.

상민   (시계를 보며) 이상, 제 시간은 끝났습니다.

향기 ? (무슨 소린지 눈치 보는)

상민 N분의 1로 정확히 시간 배분해서 얘기하기로 했습니다. 안 그
      럼 저처럼 말 많은 인간이 혼자 떠들게 돼서.

향기 아. 좋네요.

향기가 어색하게 미정과 태훈을 미소로 보면서 말 없는 공백을 메우
다가

향기 (태훈을 보며) 다음은…

태훈 (빙긋…)

향기 (태훈의 노트가 너무 보고 싶은 듯 초롱초롱. 손이 나가며) 좀… 봐
      도…?

태훈 (밀어주는) 네.

향기가 고개 숙여 감사 표시하고 받아서 펼쳐보고는 으잉? 하는 표
정. 보면, [***는 느낌에서 벗어나기]라고 쓰여 있는데, 앞에 세 글자를
까맣게 칠해 지웠다. 향기가 태훈을 보면,

태훈 (빙긋이) 누가 볼까 봐요.

그때 미정의 핸드폰에 무음으로 화면이 켜지면서 전화가 오자, 얼른
버튼을 눌러 화면을 꺼버리고.

상민 전화 계속 오는 것 같은데, 잠깐 쉬었다가 갈까?

태훈   그럴까요?

미정   (미안해서) 아네요. 괜찮아요.

상민   10분만 쉬었다가 가지.

태/향   네. / 그래요.

상민이 먼저 일어나면, 태훈이 따라 일어나고.

향기   (흡족한 얼굴로 미정에게) 좋네요. 참석해 보니까 어떤 동호횐지
        확실히 알겠어요. (미정의 노트 가리키며) 염미정 씨 '생각하면
        좋기만 한 사람'도 좋고. 좋네요, 해방클럽.

그때 미정의 핸드폰 액정이 또 밝게 켜지며 전화가 오자 얼른 고개
돌려 받고

미정   어.

바로 수화기 너머에서 꽥 하는 소리가 들리고,
미정은 버튼을 빠르게 막 눌러서 소리를 작게 하고.

20. 1층 레스토랑 앞 (밤)

기정이 한쪽에서 짐 가방(돗자리 백팩)을 주렁주렁 달고는 성질내며
통화 중

141

기정 　(짜증 팍) 아까부터 전화했는데 왜 이제 받아? 너이씨. 나와! 나
　　　왔다고, 나오라고! 아홉 시면 끝난대매?

　　　가게 앞에서 전자담배를 피우는 부장 곁에서 가볍게 스트레칭하며
　　　핸드폰을 보던 태훈은 기정의 목소리에 시선이 따라 움직이는데, 저
　　　기 등 돌리고 있는 여자가 보이고.

기정 　(E) 아홉 시 다 됐어, 그냥 나와. 나 힘들다고! 집 멀다고 하고
　　　그냥 나오면 되잖아! 한 명 빠지는 게 대수야?
기정 　(듣다가 욱) 무슨 동호휠 세 명이서 하냐? 나 오늘 노숙자 아이
　　　템(돗자리 재질의 백팩에 비닐봉지 주렁주렁에 슬리퍼) 다 갖췄거
　　　든. 그냥 여기서 노숙할까?

　　　태훈이 "저기" 하며 기정의 어깨를 치는데, 핸드폰에 성질내다가 돌
　　　아보는 기정은 태훈을 보고는 욕 나오게 기겁하고.

기정 　뭐뭐야 씨. 어머. 악.
태훈 　(덩달아 놀라고) 죄송해요. (놀라게 해서)
기정 　안녕하세요. 어머. 여긴 어떻게.
태훈 　약속 있어서.
기정 　어머. 어떻게 여기서 이렇게 만나냐. 전 미정이 기다리느라고요.
　　　짐이 많아서. 끝나고 같이 가기로 했는데, 얘가 무슨 동호회 한
　　　다고. 생전 그런 거 안 하던 애가. 무슨 바람이 불었는지, (문득
　　　크게) 어머!! 같이하시는 건가 부다.

태훈   (머쓱) 네.

기정   아. 아. (욱) 얜 왜 제대로 말을! ('안 해서'. 얼른 상냥) 아. 같이하
       시는 거구나.

태훈   (멀리 있는 상민에게) 염미정 씨 언니예요.

       상민은 그 말에 얼른 차렷 자세로 인사하고.
       기정도 인사하는데, 그때 미정이 안에서 튀어나와 기정에게로

태훈   금방 끝나는데 들어가서 기다리시죠? 시원하게.

상민   (시계를 보고) 들어오세요. 금방 끝나요.

기정   그럴까요?

       태훈이 "주세요" 하면서 기정의 짐을 뺏어 드는데 순간 팔이 뚝 떨어
       지게 무거워 깜짝 놀라는. 멀리 있는 상민도 덩달아 놀라고. 미정이
       얼른 와서 같이 받고.

기정   벽돌… 같은 책들이에요.

21.   1층 레스토랑 (밤)

       기정은 초입에 자리를 잡고,

기정   천천히 하세요.

143

향기는 자리에 앉아 목을 빼고 기정을 보고.

태훈, 상민, 미정이 다시 테이블로 가 앉는데,

태훈　(낮게) 기다리시는데 그만 끝낼까요?

기정　(짐 정리하고 자리에 앉으려다가 들었다. 얼른 일어나) 아녜요 아녜
　　요. 마저 하세요. 천천히 하세요. 진짜 저 신경 쓰지 마시고, 천
　　천히 하세요.

그리고 앉아서 얼른 핸드폰 보는 척. 그러고는 조용히 가방에서 신발
을 꺼내 갈아 신고. 테이블에 뭐가 묻어서 움직이는 척하면서 슬쩍 저
들의 테이블에 가깝게, 한 테이블 정도 옮기는.
디졸브 되면서, 조용한 실내에 조용히 얹히는 태훈의 목소리.

태훈　초등학교 5학년 때 아버지 돌아가시고, 6학년 때… 엄마가 돌
　　아가셨어요. 엄마 장례 끝나고 학폭 갔는데, 애들이 괜히 저랑
　　어떤 애랑 싸움을 붙였어요. 절대 날 이길 수 없는 놈하고(피식).
　　덩치만 컸지 힘을 쓸 줄 모르는 애였는데. 근데… 분위기가 이
　　상했어요. 내가 져야 될 것 같은 분위기였어요. 그래서… 그냥
　　져줬어요. / (쓸쓸한 미소) 부모가 없다는 게, 이런 거구나… 아
　　버지 돌아가셨을 때, 팔 한 짝이 없어진 것 같더니, 엄마까지 돌
　　아가시니까… 두 팔이 없어진 것 같더라고요.

모두 침묵…

태훈   (잔잔한 미소로 가만히 있다가) 혹시… 지금… 내 딸도… 팔 한
       짝이 없는 것 같을까 봐… (말을 잇지 못하고)

       향기는 눈이 빨개서 훌쩍이며 서둘러 눈물을 찍고.
       그 얘기를 들은 기정은 얼굴이 벌겋다. 슬프고 열받은 얼굴.

22.   태훈 동네 일각 (밤)

       터벅터벅 집으로 걸어가는 태훈.
       저쪽 길에서 또래보다 작은 유림이 가방 메고 온다.
       태훈은 멈춰서 환하게 웃으며

태훈   이제 오냐?

       무표정하게 시선을 내리고 오던 유림은 똑같은 시선과 표정으로 태
       훈의 앞을 그냥 지나가고. 본인의 앞을 지나가는 유림을 잔잔한 미소
       로 보며

태훈   오늘 더 이뻐지셨네?

       유림은 그냥 지나가고. 그런 유림을 보다가 뒤를 따르는 태훈.

태훈   (E) 걔 어렸을 때, 퇴근하고 집에 걸어간 적이 없었어요. 뛰어갔

어요. 빨리 보고 싶어서. 내가 뛰어 들어가면, 조그만 게 꺄아악
소리 지르면서 제자리에서 뱅뱅… 돌았어요.

[INS. 꺄아악 소리 지르며 제자리에서 뱅뱅 돌던 아이. 혹은 꺄아악
소리만]

싸늘하게 걸어가는 유림.
그때를 생각하듯 쓸쓸히 거리를 두고 따르는 태훈.

태훈   (E) 그땐 우리 둘 다, 참 짱짱했는데. 하늘을 뚫고 나갈 것 같았
        는데.

        그랬던 적이 있었다는 게 상상이 안 되는 무덤덤한 유림.

태훈   (E) 엄마 아버지 돌아가시고 나서, 저한테 약하다는 느낌이 생
        긴 것 같아요. 내가 이 느낌에서 해방돼야, 내 딸도 극복할 수 있
        지 않을까…

23.   **태훈 집. 태훈 방(혹은 사무실) (낮) - 회상**

노트에 [나의 목표: 약하다는 느낌에서 벗어나기]라고 쓰고는 가만히 보
는 태훈. 약하다는 세 글자를 까맣게 칠해 지운다.

24. 달리는 전철 안 (밤)

앞에 짐을 잔뜩 늘어놓고 앉아 있는 기정과 미정.

기정은 다시 편한 신발로 갈아 신은 상황.

기정은 슬프면서 화딱지 나는 얼굴. 응징의 욕구가 샘솟는.

기정　조太훈 그 사람 전화번호 뭐야?

미정　(시답잖은 듯 고개 돌리고)

기정　뭐 물어볼라고 그래.

미정　(그래도 가만)

기정　(욱해서) 내 친구 동생이야!! (니 회사 동료가 아니고!)

미정　…

기정　(이글이글) 싸움 붙인 새끼들 찾아내서 가만 안 둬.

25. 희선 가게 (밤)

손님 없는 가게에 경선과 희선이 마주 앉아 술을 마시다가 딸랑 하는
소리에 문 쪽을 돌아보는데, 유림이 들어오고, 뒤이어 태훈이 들어온
다. 희선은 반색하며 일어나

희선　왔어?

경선　(앉아서) 왔냐?

희선　배 안 고파? 뭐 해주까?

147

유림은 한마디도 안 하고 휙 올라가고, 경선은 그런 유림을 흘겨보고.

희선   (올라가는 유림에게) 냉장고에 수박 있어. 씻고 먹어!

태훈은 들어오자마자 빈 병 박스를 밖에 내놓고 이리저리 움직이고.
경선은 그런 태훈을 보며 마시고.

컷 튀면, (희선은 주방에 있고) 태훈도 경선 앞에 앉아 시원하게 맥주
를 마시는데

경선   난… 끔찍하게 소중한 존재가 생긴다는 게 너무 무서워. 내 새
        끼도 아니고 조칸데, 행여 잘못되면 어떡하나, 이렇게 겁나는데,
        넌 어떨까…
태훈   …
경선   그 무서움을 견디는 니가… 참 대단하다.
태훈   (듣기 싫은) 그냥 살어. 닥치면 다 살어.

태훈은 잔을 비우고 일어나 올라가고, 희선이 주방에서 안주를 들고
나오고.

희선   왜 더 마시지? (그냥 테이블로 가는)

26.   집. 안방 (밤)

불 꺼진 방에 제호가 자는 듯 눈을 감고 모로 누워 있는데,
현관문 열리는 소리. 기정과 미정이 들어오는 소리.

미정   (E, 낮게) 다녀왔습니다.

27.   집. 거실과 주방 (밤)

짐을 바리바리 들고 방으로 들어가는 기정과 미정.
혜숙은 개수대에서 시래기 불린 물을 갈다가 저게 다 뭔가 싶은 눈으
로 대충 보고 마는. 물을 갈고 나면, 거실 불을 끄고, 작은 불만 남기
고 안방으로.
옷을 갈아입은 미정이 방에서 나와 화장실로 들어가고.

28.   집. 안방 (밤)

모로 누운 제호의 등 뒤로 혜숙이 눕는 게 보이고.
가만히 있는 제호의 모습에서.

29.   집 외경 (다음 날, 아침)

30.   집. 거실과 주방 (아침)

출근 차림으로 각자의 방에서 나오는 창희와 기정.
제호와 미정은 식탁에서 아침을 먹는 중이고,
창희와 기정이, "다녀오겠습니다!" 인사하고 나가면,
가스레인지 쪽에 있던 혜숙이, "갔다 와."
제호와 미정은 말없이 먹기만 하는데,
혜숙이 뒤늦게 누룽지 끓인 걸 들고 와 앉아 먹고.

제호   (먹으며, 쳐다도 안 보고) 어디로 옮겼어, 주소지.

미정   ! (방망이질 치는 가슴)

혜숙   …무슨 소리예요?

제호   등본에 없던데.

미정   (떨리는 가슴을 누르며, 짐짓 무심을 가장하고) 아. (그래놓고 또 말
       이 없다. 뭐라고 해야 하나) 친구가… 자기네 집으로 옮겨놔 달라
       고 해서.

제호   친구가 왜?

미정   (생각해 내는 시간을 갖고) 친구가… 개인 회생 중이라… 월세 계
       약을 못 해서… 내가 대신…

혜숙   미쳤나 이게!

미정   …

제호   … (믿기로 하고) 도로 옮겨놔.

미정   …

제호   아무리 가까운 사이라도 그런 부탁 들어주는 거 아냐. 서류 깔
       끔히 하고 살아.

미정   …

혜숙   겁도 없이 별짓 다 해. 인감 떼달라, 보증 서달라… 그런 인간하
       곤 상종을 하지 마.

미정   …

미정은 계속 먹기는 하나 얼굴은 이미 백짓장.

31.   동네 일각 (낮)

#여전히 백짓장인 얼굴로 마을버스 정류장 쪽으로 걸어가는 미정.
#마을버스 정류장에 서서도 멍한 미정.
#멀리 공장 문가에 서서 그런 미정을 보는 구씨.

32.   창희 회사. 사무실 (낮)

창희가 노트북 펼쳐놓고 빠르게 손을 움직여 가며 일하는데, 아름이
창희 가까이 의자를 당겨와 앉아서

아름   우리 아빠 매장, 관리하기 좀 불편하지 않겠어?

창희   (일하며) 불편하긴요. 괜찮습니다.

아름   그냥, 내가 할게, 나한테 넘기는 게 어때?

창희   아녜요. 그냥 제가 할게요.

아름   아니, 점주가 동료 아빠면, 좀 껄끄럽잖아?

창희   껄끄럽긴요. 전 모든 점주를 제 아버지 어머니라고 생각합니다.

아름   (뾰로통해서, 혼잣말처럼) 우리 아빠… 힘든데…

창희   저희 아버지도 만만치 않으십니다. (일만 하는)

33.　식당 (낮)

밥을 먹으며 낮게 대화하는 창희와 민규.

창희   미쳤냐? 내가 그걸 넘겨주게? 거기 일 매출이 얼만데? 지 관리 지역으로 넣고 무슨 짓을 할라고. 승진하려고 지 아부지랑 짜고 신상품 발주 어마어마하게 내고 별짓 다 할걸. 지만 머리 있는 줄 아나.

민규   정 선배 아주 쉽게 실적 만들고 승진하려고 했는데, 염창희가 막으시네.

창희   …막아야지 그럼. 내 자린데.

민규   (피식) 정 선배도 어떤 남자한텐 와따겠지? 돈 잘 벌어. 수완 좋아.

창희   그놈은 백 퍼 나랑 안 친해. 내가 졸라 싫어할 인간이야. 안 봐도 뻔해.

민규   (낄낄낄)

34.   기정 회사. 사무실 (낮)

책상에 앉아 울분에 차 열심히 카톡하는 기정의 뒤통수 위로

기정   (E) 싸움 붙인 놈들 명단 넘기시죠? 저 그냥은 못 넘어갑니다.
어제 제가 밤새 머릿속으로 시뮬레이션 다 해봤습니다. 어떻게
손봐줘야 될지. 어떤 표정으로, 어떤 욕을, 어떻게 찰지게 날려
야 될지, 다 생각해 뒀습니다. 명단만 넘기세요.

35.   미정 회사. 태훈 사무실 + 기정 회사. 사무실 (낮)

태훈이 컴퓨터를 보며 일하다가 힐끗 핸드폰을 보고, 기정의 톡을 읽
고 답장

태훈   (E, 피식) 지금은 걔들이랑 친해요.
기정   (E, 황당) 어떻게?? 왜?? 뭐 땜에??
태훈   (E) 어릴 때 일인데요 뭐.
기정   (E) 어린 게 벼슬입니까?? 여러 말 말고 얼른 명단 넘겨요. 저주
굿이라도 하게!!!

153

태훈은 그걸 보고 피식. 그리고 뭔가 쓰기 시작한다.

[누나 친군데 말씀 놓으]까지 쓰고 멈춘다. 망설여진다. 잠깐 생각 중.

그런데 기정의 톡이 다시 들어오기 시작하고.

기정의 톡을 보던 태훈은 쓰던 글을 지운다. 그리고 치는 표정 위로

태훈   (E) 그만⋯ 나가봐야 돼서. 맛점 하세요.

그렇게 보내놓고는 가만히 컴퓨터를 보는 시선.

정확히 뭘 보는 게 아니고 생각하는 듯.

＃뚱하니 핸드폰을 보는 기정.

  핸드폰을 치는 동작. 간단히 마무리 인사를 하는 듯.

  그리고 뿔난 얼굴로 가만히.

36.   은행 (낮)

대출 창구. 친절했던 1화의 여직원이 앉아 있고, 미정은 그 앞에.

미정   앞으로 우편물이 또 올 일이 있나 해서요. (어렵게 입을 떼는) 집
      에서 알면 안 돼서⋯

직원   연체가 발생하거나, 이자율 변동이나 공지 사항이 있을 땐 우편
      물 날아가요.

미정   (표정이 없어지고)

직원   (안된 마음에) 소송을 걸어보는 건 어때요? 통장으로 돈 주고받

은 기록 있잖아요. 그걸로 소송 가능할 거예요.

미정   (소송이란 말에 더 암담해지는. 눈물 날 것 같고)

직원   (E) 이렇게 계속 다달이 대신 갚을 순 없잖아요. 1,20만 원도 아니고.

37.   은행 1층 ATM 기기 코너 (낮)

창밖을 보는 듯, 창가에 바싹 붙어 서 있는 미정.

손끝으로 눈 아래를 얼른 털어내는데… 눈물인 듯.

미정의 얼굴을 보면, 어느새 뭔가 넋 놓고 보고 있다.

보면, 땅바닥을 걷고 있는 비둘기.

유리를 사이에 두고 가까이에 있는 비둘기를 내려다보고 있다.

아무 생각 없이 그저 눈앞에 움직이는 걸 보는 듯.

38.   미정 회사. 사무실 (낮)

핸드폰을 보는 미정. 전 남친과의 대화 창.

[대출 받아서 빌려준 거, 집에서 알기 직전이야. / 오늘은 꼭 통화해야 돼. 전화 줘.]

숫자 1이 그대로 있고.

수진   (E) 뭐 해? 안 가?

155

수진이 퇴근 차림으로 와 서 있고, 지희는 일어나고 있다.
미정은 얼른 핸드폰을 엎어두고.

미정   어. 좀 있다가.
수진   왜?
미정   약속 있어서.
지희   오~ 약속. 웬일? 먼저 갈게.
수진   먼저 갈게.
미정   가.

컷 튀면,
미정 주변에만 불이 켜져 있고, 주 전등은 꺼진 상황.
어둠 속에서 전화를 한다. 신호음이 가나 받지 않고.
톡을 하는 미정의 모습 위로

미정   (E) 받을 때까지 나 집에 안 가.

다시 신호음이 가고. 한참 만에 딸깍 받는 소리.
서로 말이 없고.

세영   (F) 여보세요.
미정   !

여자 목소리다! 양쪽 다 가만.

세영   (F) 나야. 세영이.

미정   (떨리는) 왜 언니가 받아요?

세영   …

미정   언니랑 할 말 없는데.

세영   …

미정   선배 바꿔요.

세영   (F) 미정아. 정말 미안한데, 찬혁이 정말 돈이 없어. 정말 없어.
       한국에 그냥 뒀다간 죽을 것 같아서 내가 오라고 한 거야.

미정   …나 쫌 있으면 카드도 정지되고 신용 불량자 된단 말이에요.
       내가 왜 신용 불량자가 돼야 돼요? (억울하고 무서워 눈물 나는)

세영   (F) …정말 미안한데. 어떻게 방법이 없어.

미정   …

세영   (F) …나도 하루 벌어서 하루 먹고살아.

수화기 저쪽에서 끼익 문 열리는 소리가 들리고.

찬혁   (F) 누구야?

세영   (F) 아냐.

찬혁   (F) 누구냐고? 줘. 줘!

세영   (F) 왜 이래. 하지 마.

그리고 핸드폰을 놓고 실랑이를 벌이는 듯, 떨어지고 차이는 둔탁한
소리가 크게 들리고. 그런 소란을 숨죽이며 듣고 있는 미정.
남자가 핸드폰을 뺏었고, 염미정임을 확인했는지 조용.

157

남자의 숨소리만 낮게 들려 이놈이 핸드폰을 받았구나는 알겠는.

서로가 말이 없는 상황. 오랜만의 통화.

미정   거기에서 뭐 하는 건데 둘이?

찬혁   …

미정   거기 날아갈 비행깃값은 있었나 부지?

찬혁   (F) …장기 팔러 왔다.

미정   (개새끼…) 아직 못 팔았나 부지?

찬혁   …

미정   나 조금 있으면 신용 불량자 돼. 그럼 회사도 못 다녀.

찬혁   (F) 니네 집에 그 정도 돈은 있잖아. 집에 얘기하면 해결할 수
      없는 돈도 아닌데 왜 신용 불량자가 돼?

미정   ('집' 얘기에 벌써부터 눈물 바람) 선배가 잘못한 걸 왜 우리 집에
      말해?

찬혁   (F) 내가 안 갚는다는 게 아니고, 일단 급한 건 해결하라고. 내가
      나중에 다 갚는다고. 지금 당장 한 푼도 없는데 나보고 어쩌라
      고!!

미정   무슨 짓을 해도 150은 벌어.

찬혁   (F) 나한테 돈 달라는 사람이 너 하나겠냐.

미정   …

찬혁   (F) 어떻게든 벌어서 갚으려고 해도 일도 못 하게 쫓아다니면서
      깽판 놓고. 그냥 무조건 당장 내놓으래, 당장. 도둑질하지 않는
      이상 당장이 어딨어. 자면 잔다고 뭐라고 그러고. 먹으면 먹는다
      뭐라 그러고. 내가 굶어죽어야 진짜 돈이 없는 줄 알지. (정말 억

울한 듯) 내가 갚을 생각이 없어서 안 갚는 거라고 얘기하지 좀
말라고!

미정   어떻게 나한테 이래… 어떻게 나한테 이래…

그때 확 뭔가 던져서 와장창 깨지는 소리. 여자의 비명 소리.
움찔 놀라고, 무서운 미정.
다 때려 부수는 소리. "하지 마!" 하는 여자의 소리.
적막한 어둠 속에 있는 미정에 비해, 수화기 너머는 아수라장인 느낌.

39.   도심 번화가 (밤)

멀멀한 얼굴로 그냥 거리를 걷는 미정.
북적이는 거리. 하하호호 무리 지어 가는 젊은이들.
그런 곳을 아무 생각 없이 그냥 천천히 걸어간다.
컷 튀면,
건전지로 돌아가는 싸구려 강아지 인형이 바닥을 돌고 있고.
맥없이 그걸 보고 있는 미정. 그렇게 있는데,
그때 진동으로 핸드폰이 울려서 보는데,

세영   (E) 어쩌다 이렇게 됐는지 모르겠다. 난 그냥 하나만 생각하기
로 했어. 정찬혁, 내 옆에 있는 동안은 죽게 하지 말자.

다 읽었음에도 표정과 동작에 변화가 없다.

몇 초 만에 핸드폰을 접고. 졌다 싶은 느낌.

이젠 인형을 보는 것도 아니고 그냥 맥 놓고 서 있다.

40. 고깃집 (밤)

1화에서의 그 고깃집. 기정은 벌컥벌컥 맥주를 들이켜고.

원희   천천히 마셔라.

기정   (가만히 자기 생각에 빠졌다가 대뜸) 나거든! 딱 나거든. 내 옆에
       있으면서 약하다고 느낄 수 있겠니? 나, 받는 여자야. 진돗개 같
       은 여자. (한숨) 내 옆에만 있으면 되는데… 나라고 말해주고 싶
       다 진짜… / 너무너무너무너무 말하고 싶어. 사귀자고. 당장. (문
       득 원희를 보고) 말해버려?

원희   (기정을 보던 시선을 피하고, 잔을 채워주고)

기정   왜애? 왜 안 돼?

원희   누가 안 된대?

기정   나 낼모레 마흔이야. 올겨울엔 아무나 사랑하기로 했어. 근데 이
       남자 아무나 아냐! 절대! 충-만한 남자야.

원희   말하고 싶으면 해.

기정   … (자신 없다. 마시고)

원희   인간이 어떻게 한 달 사이에 이렇게 변하니. 엊그제다. 여기서
       게거품 문 거.

기정   …!

맞다. 여기다. 그를 처음 본 게. 그때 자기가 앉았던 자리를 본다.

[INS. 1화. 기정 "우리나라 총 어디서 파니? 빰 석 대로는 분이 안 풀려. 총을 세 방 쏴버려야지. 애 딸린 홀아비가 말이 되니?" 그때 기정의 말을 들으며 묵묵히 고기를 먹던 태훈과 유림.]

그때 부녀가 앉았던 그 자리를 보는 기정. 그때를 생각하니 마음이 안 좋다.

원희   시간이 차암 간사해. 그지?

기정   (할 말이 없다. 술을 마시고. 괜히 딴 데 보고)

41.   동네 일각 (밤)

구씨가 집 앞을 서성이며 마을버스가 오는 쪽을 보고 있다.

미정을 기다리는 느낌. 저 멀리 마을버스가 오고!

버스가 정류장에 가까워지고. 멈춘다.

그런데 내리는 사람은 기정.

구씨는 어슬렁거리며 집 안으로 들어가 버리는데,

기정은 그런 구씨를 보고. 누굴 기다리다가 허탕 쳤는지 알겠는지.

흥! 뚜벅뚜벅 집 쪽으로.

42.　창희 방 (밤)

창희는 누워서 핸드폰으로 게임하고, 두환 역시 비스듬히 누워 노트
북에서 나오는 영화(외국 영화)를 보고 있다.

두환　왜, 좋아한다고 말하는 게 그렇게 힘들까? 싫어한다는 것도 아
　　　니고, 좋아한다는데.

창희　영혼이 알잖니. 백 퍼 까인다는 거.

두환　…

창희　할까 말까 망설이다가 하는 말 중에 후회하지 않는 말이 없다.
　　　하면 안 된다는 걸 아니까 망설이는 거야. 근데 굳-이 말해서 안
　　　좋은 끝을 보고 말어. 인간이 그렇게 알 수 없는 동물이다… (게
　　　임 한 판 끝내고 벌떡 일어나, 두환을 보며) 두환아!! 유기견! 계란
　　　흰자! 1원짜리!

두환　왜 이래. 견딜 수 없이 촌스런 계란 흰자가.

창희　(다시 누워 게임하며, '고백') 하지 마라.

두환　…

창희　하지 마.

두환　…

창희　염기정 알지? 어떤 미친놈이 지 좋아한다고 했다고 총 구하러
　　　다닌 거. 쏴 죽여버린다고.

두환　…

창희　자기 보고 웃었다고 총 구하러 다니고, 자기한테 윙크했다고 총
　　　구하러 다니고. 툭하면 총 구하러 다녔어. 성에 안 차는 놈들이

지 좋다고 하면 무슨 모욕당한 것처럼 펄쩍 뛰고. 여자들은 자기보다 아래인 남자가 지 좋다고 하면 죽일 듯이 난리 난다. 세상 모든 여자들이 그래. 현아만 빼놓고. 학교 때 걔 좋다는 남자들이 한둘이었냐. 정말 빙신 같은 놈들까지 다 좋다고 했는데, 그런 놈들한테도 진짜 상냥했다. 까도 얼마나 상냥하게 깠는데.

두환   (피식)

창희   대학 때 걔가 남자한테 고백했다가 까이는 거 몇 번 봤는데 앙금도 없고 쪽팔림도 없더라. 어려서 자기가 자기 좋다는 놈들한테 고마워했거든. 남들도 그럴 줄 아는 거야. 그래서 현아만 계속 연애하는 거야. / 염기정? 올겨울엔 아무나 사랑? 못 해. 여태 아무 일 없었는데 난데없이 괜찮은 남자가 먼저 대시해 올 리가 없잖아? 그럼 본인이 진짜 아무나든 뭐든 들이대야 되는데, 할 수 있겠니? 지가 한 짓이 있는데. 혹시 잘못 말했다가 남자한테 총 맞아 죽을 텐데.

43.   자매 방 (밤)

이제 막 들어온 차림으로 가만히 듣고 있는 기정의 등.
구구절절 맞는 말인 듯, 참담한 심정이고.

창희   (E) 그니까 다 지가 싼 똥인 거야…

두환   (E) 넌 또 너무 쉽게 다 사겨줬어. 미림인 진짜 아니었다.

창희   (E) 그럼 어뜩하냐. 좋다는데.

두환   (E) 그래도 미림인 너무 심하지 않았냐?

창희   (E) 그만해라. 애 엄마다.

       그때

미정   (E) 다녀왔습니다.

       그제야 움직이기 시작하는 기정.

44. 집. 거실과 주방 (밤)

두환이 방에서 고개를 돌려 들어오는 미정을 보고

두환   이제 오냐?

미정   (쳐다도 안 보고, 방으로 가며) 어.

45. 자매 방 (밤)

기정은 옷을 갈아입기 시작하고, 미정은 지친 듯 천천히 움직이는데,
서로 아는 척도 안 하고 데면데면하게 움직이는 자매. 그러다가,

기정   (쳐다도 안 보고) 누가 먼저 사귀자고 했어?

미정	? (기정을 보고)
기정	구씨 말야.
미정	(아무렇지 않게 움직이며, 덤덤) 내가.
기정	!
미정	(움직이다가 덤덤하게) 사귀자고 안 했어.
기정	?
미정	추앙하라고 했어.
기정	뭐?
미정	추앙하라고.
기정	!!

지금 그게 중요한 게 아니라서, 단지 사실만을 말하는 느낌의 미정.
기정은 살짝 충격인데, 미정은 그저 덤덤히 움직이기만.

46. 구씨네 (밤)

구씨가 술을 마시며 거의 무음으로 해놓은 TV를 보고 있는데, 그때
진동으로 울리기 시작하는 핸드폰. 좀 떨어진 곳에 놓인 핸드폰. 구씨
는 들리지도 않는 것처럼 쳐다도 안 보다가, 순간 무슨 생각에선지 일
어나 핸드폰으로 가서, 액정을 보고는 받는다(이름은 없고 번호만 있는.
6화 엔딩에서와 같은 번호).

구씨	어.

현진   (F, 받을 줄 몰랐어서 순간 당황) 여보세요?

구씨   어. 말해.

현진   (F, 욱해서 욕이 다다다) 야이 개새꺄! 넌 진짜 아오. 형이 죽을병
       걸렸다는데도 씹냐 새꺄! 내가 진짜 죽을병 걸렸으면, 너 같은
       놈하고 형 동생 했다는 게 분해서 너 죽이고 죽었어 새꺄. 어디
       처박혀 있냐? 서울에 있긴 있냐?

구씨   …

현진   (F, 좀 진정하고 본론) 얼마 전에 삼식이가 상갓집 갔다가 신 회
       장 봤는데, 슬쩍 니 얘길 묻더란다. 연락 되냐고. 걔가 회장님하
       고 말하고 그럴 짬밥은 아니잖아? 화장실 가는데, 노인네가 쫓
       아온 느낌이래. / 여기저기 얘기 들어보니까 백 사장 이 새끼 신
       회장 눈 밖에 난 것 같더라고. 여기서 우리가 한 스텝만 밟아주
       면 백 사장 그 새끼 골로 간다.

구씨   …

현진   (F) 야. 듣고 있냐?

구씨   쌔비 요즘 뭐 해?

현진   (F) 쌔비?

구씨   어.

현진   (F) 모르지. 나도 걔 본 지 오래다. 쌔비는 왜? 누구한테 돈 물렸
       냐?

구씨   …

현진   (F) 얼마나 물렸는데?

47.   은행 외경 (낮)

48.   은행 (낮)

트레이에 담긴 세 개의 통장. 그 통장들을 펼쳐보는 그 직원.
직원 앞에는 미정이 앉아 있고.

직원   (청약 통장을 들고, 조심스럽고 친절하게) 이거, 알아보셨어요? 청
       약 1순위일 텐데.
미정   그냥… 해지하려고요.
직원   … (안됐다. 적금 통장을 펼쳐보고) 이건 4개월 후면 만긴데…
미정   … (그냥 해지하겠다는 듯)
직원   … (알겠다는 듯 컴퓨터를 만지기 시작하는)

       컷 튀면, 트레이에 통장 세 개와 신분증, 그리고 납입 증명서를 고이
       놓는 직원. 미소로 미정을 본다.

미정   … (챙기고) 감사합니다.

       직원은 뭐라고 말해야 될까 싶은 미소로 일어나는 미정을 보다가, 두
       주먹을 가볍게 불끈 쥐어 보이는. 힘내시라는. 미정은 고개 숙여 인사
       하고 나가고.

167

49. 동네 일각. 동사무소 근처 (낮)

구씨가 장 본 봉지(라면, 술, 면도기 등)를 들고 한 손에는 냉커피를 들고 터벅터벅 오다가 한 곳을 보고는 멈춘다. 그쪽을 보면, 미정이 동사무소에서 종이(등본)를 보며 나오고 있고. 종이를 반으로 접어 가방에 넣다가 구씨를 보고.

미정   !

미정은 살짝 당황했다가 얼른 반가운 얼굴로 바꾸고.
구씨는 동사무소에서 나오는 미정을 보자 감이 오고.
미정이 구씨 쪽으로 오는.

미정   뭐 샀어요?

두 사람 걷기 시작하는데, 미정이 조금 앞서 걷는 느낌.

구씨   …이 시간에 여기서 뭐 해?
미정   …볼일 있어서. 겸사겸사 반차 냈어요.
구씨   …
미정   (힐끗 돌아보곤) 오늘 일 일찍 끝났나 보네.
구씨   …

미정은 반색하지 않는 구씨를 느끼고 그냥 앞서가고.

구씨는 음료를 마저 마시고 쓰레기통에 툭 넣고, 미정의 뒤를 따르는.

50.   당미역. 마을버스 정류장 (낮)

구씨가 멀리 보고 있는데, 미정은 괜히

미정   오늘 그렇게 덥진 않네. 여름이 가나 봐요.

하며 말끝에 싱긋 구씨를 보는데, 구씨는 덤덤히 딴 데를 보고 있고.
살짝 불편해진 미정은 괜히 핸드폰을 확인하고, 버스가 언제 오나 목
빼고 보는 식의 불필요한 동작들을 하고.

51.   달리는 마을버스 (낮)

가까이 앉아 있는 미정과 구씨(나란히 앉을 수 있으면 나란히).
미정은 용기를 내, 나름 아무렇지 않게

미정   주소는 집으로 다시 옮겨놨어요.

구씨는 그럴 줄 알았다 싶고. 말이 없다가

구씨   …우편물 또 오면 어쩌려고?

미정	…올 일 없어요.
구씨	!
미정	…다 정리했어요.
구씨	대신 갚았냐?
미정	…
구씨	…
미정	준대요. 나중에.
구씨	(조용히 돌겠고)
미정	진짜 줄 거예요.
구씨	(어이없는 미소. 웬만하면 그냥 넘어가려고 했는데) 그 새끼 이름 뭐냐.
미정	…걱정 마요. 준댔어요. (고개를 틀고 딴 데 보는 굳은 얼굴)
구씨	그냥 이름하고 연락처만 주면 돼. 내가 안 해. 딴 사람이 할 거야.
미정	(여전히 딴 데만 보고 있는)
구씨	아직 좋아하냐?
미정	!!

서로 말이 없는 무거운 분위기.

52. 동네 일각 (낮)

마을버스가 떠나고 있고.

미정은 굳은 얼굴로 뚜벅뚜벅 집 쪽으로.

구씨는 보통의 걸음으로 아무렇지 않게 제집 쪽으로.

구씨가 집으로 들어가고 나면, 잠시 후,

다시 뚜벅뚜벅 구씨네로 향하는 미정의 뒤통수.

53.   구씨네 (낮)

가스레인지에 라면 물이 올려 있고, 라면 봉지를 뜯는데, 문이 열리고

들어오는 소리.

구씨가 돌아보면, 미정이 서 있다.

미정은 구씨를 똑바로 쳐다보지도 않고 가슴팍만 쉑쉑거린다.

구씨   무섭다. 앉던가. (돌아서서 할 일만 하는)

미정   (차분하나 서늘한) 어디까지 더 끝장을 봐야 되는데? 이 꼴 저 꼴
       안 보고, 깔끔하게 잘 끝냈다, 말해줘도 되잖아. 왜 자꾸 바닥을
       보래?

구씨   (무심히 제 일만)

미정   인터넷에서만 봤던, 남자한테 돈 뜯기는 빙신 같은 애가 나라는
       거, 엄마 아부지 세상 사람들 다 알게 난장 까야 돼?

구씨   (돌아보고) 그게 무섭지? 그 새끼가 너 그런 거 아니까 그 따위
       로 나오는 거야.

미정   !

구씨   (다시 라면을 끓이고)

미정   돈 문제 얽히면서 나 보자마자 골치 아픈 얼굴 하는 거 견뎠어.

171

짜증스러워하는 얼굴 보면, 다 내가 잘못한 것 같고, 뭐 간 거 달라고 하는 것도 죄진 것 같고, 그냥 이런 일로 엮인 것 자체가 다 내 잘못 같고… 어쩔 수 없이 난 이래. 문제 많은 남편이랑 사는 거 이해 안 된다고, 도와준답시고 억지로 뜯어내는 사람들이 난 더 이해 안 가. 제발 그냥 두라고. 내가 아무리 바보 멍충이 같아도 그냥 두라고. 도와달라고 하면 도와주라고. 사람하고 끝장 보는 거 못 하는 사람은 못 한다고. 얼굴 붉히는 것도 힘든 사람한테 왜 죽기로 덤비래?

구씨   (돌아보고) 나한텐 잘만 붉히네.

미정   (확) 넌 날 좋아하니까!

구씨   (헐)

미정   …

구씨   …

미정   좋아하는 사람 앞에선 뭔 짓을 못 해?

구씨   (헐)

미정   그러니까 넌 이런 빙신 같은 날 추앙해서, 자뻑에 빠질 정도로 자신감 만땅 충전돼서, 그놈한테 눈 하나 깜짝 안 하고, 야무지게 할 얘기 다 할 수 있게! 그런 인간으로 만들어놓으라고! 누가 알까 조마조마하지 않고, 다 까발려져도 눈 하나 깜짝하지 않고 살 수 있게! 날 추앙하라고!

구씨가 미정을 보다가 돌아서고. 미정은 제자리에 가만히. 구씨는 끓인 라면 냄비를 가져와 거실 테이블에 쾅 놓고. 소파에 앉아 미정을 본다.

서로를 보는 두 사람.

구씨   먹어.

미정   !

구씨   손 떨던데. 드셔.

미정   …

구씨   추앙하는 거야. 먹어.

조금 있다가 저벅저벅 가 앉는 미정.
앉아서도 선뜻 먹지 않고.

미정   …물.

구씨   (헐)

구씨가 일어나서 물을 갖고 와 쾅 놓고.
그새 먹고 있는 미정. 갖다준 물을 마시고.
구씨는 그런 미정을 보며 가만히 있다가

구씨   너, 내가 어떤 인간인지 알면 깜짝 놀란다. 나 진짜 무서운 놈이
       거든. 옆구리에 칼이 들어와도 꿈쩍 안 해. 근데… 너 날 쫄게 해.

미정   ! (우물우물 씹다가 보는)

구씨   니가 눈앞에 보이면 긴장해. 그래서 빙신 같아서 짜증 나. 짜증
       나는데, 자꾸 기다려.

미정   !

구씨   알아라 쫌. 염미정. 너 자신을 알라고.

미정   (콧물을 훅 들이키고, 소년처럼 뿌듯한 얼굴) 더 해보시지. 좋은데.

구씨   (고개를 홱 돌려버리고)

54.   동네 일각 (밤)

마을을 등지고 달려 나오는 용달.

55.   동네 일각 (밤)

#시골길을 신나게 달리는 용달.

구씨가 운전하고 옆엔 미정이. 편하고 즐거운 얼굴들.

미정은 가끔씩 구씨를 보나, 구씨는 운전만.

#너른 밭이 있는 시커먼 곳에 용달이 섰고.

구씨가 밭을 보는데, 밭 한가운데 하얀 개 세 마리가 어렴풋이 보인다.

개도 경계하는 듯이 멈춰서 이쪽을 보며 가끔 왈왈 짖고 있고.

미정   (구씨 옆에서 보며) 들개예요. 버려진 것 같애요.

구씨   …

미정   사방이 뚫려서 안전하다 싶은지 저길 안 벗어나요. 비가 와도 저기서 자고.

구씨   …

미정   주인이 있었을 텐데.

구씨가 밭 쪽으로 좀 다가가자, 경계하듯 막 짖기 시작하는 개들.

미정   (구씨 옷자락을 잡는) 가지 마요. 짖는 개한텐 안 가는 게 나아요.

구씨   (그냥 보고 서 있는)

56.   동네 일각. 언덕 (밤)

어두운 시골 언덕길.

사이클 복장을 한 남자가 연습 중인지, 힘겹게 언덕길을 오르고 있다.

안장에서 거의 일어나 용을 쓰며 올라가는 중.

그런 사이클 옆으로 용달이 올라가고,

운전석 쪽에서 주먹 쥔 팔이 나오며

구씨   (E) 파이팅!

그리고 부릉 달려가는 용달.

사이클은 거의 갈지자로 가기 시작.

#달리는 용달 안에서 미정은 구씨를 보며 웃고.

57.   술집 (밤)

기정은 술도 취했고 울어서 벌건 눈.

기정   어떻게, 감정이, 이렇게 지 혼자 막… 그냥 지 혼자 막… 가. 아
       무 일도 없는데, 혼자 막… 이게 말이 되니? 내가 하는 일이 아
       닌 것 같애. 어디가 고장 난 거야. (마시고 호탕하게) 괜찮아. 내가
       금사빠기도 하지만 금증빠기도 하잖아? 아침에 사랑했다가 저
       녁에 증오해. 어느 날 또 그런다. '오우 큰일 날 뻔했네. 아무 일
       없길 천만다행이다.' 언제 좋아했나 싶게 아–무 감정 없어지는
       날 온다.

       말은 그렇게 했지만 술을 마시고 괜히 멍 때리게 되는데,

원희   어떤 게 낫니? 얼마 전처럼 횅하니 아무 감정 없는 거하고, 지금
       처럼 좋아서 괴로운 거하고.
기정   (한참 고민. 선택이 안 된다. 순간 웃으면서 눈물이 나는) 어우씨…
       미치겠다… (눈을 꾹 누르고)

58.   기정 회사 일각 (낮) - 회상

진우   그냥, 고백하면 되잖아요. 이쁘게. 매너 있게.
기정   …못 하겠어요.

진우   (이해 안 되는) 왜 못 해요?

기정   …

59.   달리는 마을버스 (밤)

기정은 앉아서 이어폰 끼고 창밖을 보는데, 눈물이 줄줄 흐르고

창희   (E) 하겠냐? 지가 한 짓이 있는데? 어떤 놈이 주제넘게 지 좋다고 했다고 쏴 죽인다고 총 구하러 다닌 여자가, 고백을 할 수 있겠냐? 잘못했다간 지가 총 맞아 죽게 생겼는데. 지 성에 안 차는 놈이 지 좋다고 했다고 얼마나 개무시하고 함부로 했냐고. 잘못 말했다간 그 개무시 지가 받게 생겼는데.

이어폰에선 '잠이 오질 않네요'류의 노래가 흘러나오고. 눈은 벌게서 속으로 격정적으로 따라 부르는 듯 입 다물고 허밍만 으으음. 가만히 앉아서 고갯짓만 하며 으으음.
[INS. 전 씬 술집. 기정, 벌건 눈을 해서 "이런 인간들 숱하잖아. 나만 이런 거 아니잖아. 근데 왜, 나만 이런 것 같니?"]
줄줄 흐르는 눈물을 대충 닦아내며, 자기 감정에 취해 으으음 하는데, 그러나 노랫소리가 없는, 버스 기사와 한 명 있는 승객 입장에서 들리는 이 공간에서의 소리는, 한 여자가 내는 이상한 소리. 으으음.
버스 기사는 차마 백미러로도 쳐다보지 못하고.

60. 동네 일각 (밤)

마을버스에서 내려선 기정 뒤로, 정차했던 마을버스가 떠나는데, 가
뿐한 얼굴인 기정이 이어폰을 빼고.

기정   어우, 간만에 잘 울었다.

코를 슥 닦고 씩씩하게 가는 기정.

61. 자매 방 (밤)

가만히 누워 있는 기정의 등.
순간 조용히 일어나 앉는다. 그리고 무릎을 꿇는다.
가만히 앉아 눈을 감고 있다.

기정   (한참 만에) 잘못했습니다. (또 한참) 건방졌습니다. 무례했습니
        다. / 그 옛날, 저한테 좋아한다고 고백했다가 욕먹었던 님들께,
        진심으로 참회의 기도를 드립니다. / 잘못했습니다(살짝 꾸벅).
        죄송합니다. 혹시, 아직도 그때의 상처가 있으시다면, 오늘 밤,
        말끔하게 지워지시길 바라겠습니다. (두 손 모아) 님들이, 행복
        하길 바라겠습니다. (꾸벅) 감사합니다. 좋아해 주셔서, 감사합
        니다.

속으로 계속 기도하듯 그렇게 앉아 있는 기정의 모습에서.

62.　집. 마당 (다음 날, 낮)

평온한 여름 아침.
제호가 찢어진 방충망(개수대 쪽에 작은 방충망)을 갈고 있는데,

창희　(E) 다녀오겠습니다.

창희가 허둥지둥 나와 쳐다보지도 않고 또 제호에게

창희　다녀오겠습니다.

제호 역시 쳐다도 안 보고 하던 일에 집중하고.
창희는 핸드폰을 확인하며 빠른 걸음으로 마을버스 정류장 쪽으로.

63.　자매 방 (낮)

미정이 (등본 한 장 들고) 먼저 나가고, 기정은 (옷은 다 입은 와중에) 급히 머리를 다시 만지느라 드라이어 소리가 요란하게 들리고.

64.   집. 거실과 주방 (낮)

미정   (E) 다녀오겠습니다.

하며 나가는 소리.
제호가 방충망을 들고 들어오고.
주방 쪽으로 가던 제호가 식탁에 놓인 종이에 시선을 둔다.
손은 대지 않고 보는데, 등본이다.
염미정까지 온전히 다섯 식구가 있는 등본.
제호는 아무렇지 않게 방충망을 들고 개수대 쪽으로 가서 작업.
잠시 후, 기정이 방에서 후다닥 나와

기정   다녀오겠습니다.

65.   동네 일각 (낮)

#미정이 걸어가고, 저 뒤에서 기정이 뚱하게 걷는데,
  구씨가 모는 용달이 온다. 자신을 지나쳐 가는 용달을 흘겨보는 기정.
  그런데 용달이 미정 옆에 서고, 미정이 거기에 올라타자,
  기정은 '이런 씨!' 내달린다. 얻어 타자.
#(미정과 기정이 탄) 용달이 역 쪽으로 꺾어지는데,
  마을버스 정류장에 서 있는 창희를 등지고 간다.
  창희는 핸드폰을 보느라 용달이 가는 걸 못 보고.

66. 당미역. 플랫폼 (낮)

여전히 핸드폰을 보며 오는 창희.
그러다가 플랫폼에 서 있는 미정과 기정을 보고는 흠칫.

창희   언제 왔어?
기정   얘 남친이 태워다 줬어.

창희는 뭔 말인가 싶은데, 미정은 기정을 강하게 흘기고 딴 데로.
기정도 딴 데로 움직이고. 뚝 떨어져서 데면데면하게 서 있는 기정과
미정의 기류를 보니, 없는 얘기는 아닌 것 같은데. 서서히 감이 오는
휑한 창희의 얼굴.

창희   설마…

그렇게 멍하니 있는데 땡땡땡 전철이 들어오는 소리.
결국 확신이 드는지 허! 헛웃음이 나는 창희 얼굴 위로, 전철이 훅 들
어오면서.

8

"어린 시절이 당신 옆에 가 앉아서, 가만히 같이 있어주고 싶다…"

1. 미정 회사. 복도 (낮)

점심시간을 맞아 왁자하게 사무실에서 나오는 직장인들.

이어서 나오는 미정과 동료들(지희, 수진, 보람 외 2인).

컷 튀면, 미정이 핸드폰을 하며 걷고,

또래들은 자기들끼리 얘기하다가

수진　엽미정 요즘 톡 많이 해. 누구 있어. 그지?

미정　(그 말에 웃으며 핸드폰을 접고)

수진　얘 어제 단톡방에 잘못 올린 거 봤어? '이제 퇴근해요. 전철 탔어요.'

모두　봤어 봤어.

수진　누구한테 보고하는 걸까아?

지희　그 남자 아냐? 옛날에 니네 집에서 밥 먹는다고 불편하다고 했던 남자. 맞지?

미정　…음.

지희는 바로 인정하는 미정에게 헉 놀라고.

모두들 오~ 하는 분위기.

지희　나 그냥 찍은 건데.

2.   미정 회사. 구내식당 (낮)

미정과 또래들이 다 같이 밥을 먹고 있고

수진   그 남자 어디가 좋아?
미정   … (빙긋이 웃기만)
지희   어디가 좋은데?
미정   …몰라.

그 말에 지희와 수진이 욱해서 펄쩍. 또 몰라…

지희   그눔의 몰라를 그냥! 앞으로 절대 몰라 하지 마. (자, 다시) 어디
        가 좋은데? 그 남자의 매력 포인트. 끌림 포인트.
미정   … (뭐라고 해야 되나. 생각하는 듯 머뭇머뭇)
지희   괜찮아. 천천히. 천천히. (먹으면서 집중해서 보는)
미정   껍데기가 없어.
모두   ? (정지해서 보는)
미정   (또 설명을 해보려고) 왜… 되게 예의 바른데… 껍데기처럼 느껴
        지는 사람 있잖아. 뭔가 겹겹이 단단해서, 평생을 만나도 닿을
        수 없을 것 같은 사람. 이 사람은… 껍데기가 없어.

무슨 뜻인지 알겠는. 잠깐 조용해지는 분위기.

지희   (이내 장난스럽게 옆에 앉은 동료에게) 이 사람이래, 이 사람.

동료   그게 뭐?

지희   너 그 사람하고 이 사람하고 상당히 거리 있다. 여기 없는데 이
        사람이래. (미정의 가슴에 손 얹고) 여깄다는 거지.

미정   (웃고)

3.   동네 일각 (낮)

        # 시골길을 달리는 용달.

        # 한쪽에 용달이 세워져 있고, 구씨가 너른 밭을 보고 있는 것 같은데,
        밭 한가운데에 흰 개 세 마리가 늘어져 있다. 그걸 보고 있는 것. 구
        씨가 개들을 보며 손을 우물우물하자, 개들이 쫑긋하는 느낌으로 구
        씨를 보고. 개들을 향해 힘껏 뭔가 던져주는 구씨. 개들이 벌떡 일어
        나 꼬리를 흔들며 떨어진 곳으로 달려가 먹고. 소시지의 비닐을 벗
        겨 던져주는 것. 구씨는 또 그렇게 비닐을 벗겨서 던져주고.

4.   미정 회사. 사무실 (낮)

        미정이 동료들과 두런거리며 가벼운 얼굴로 들어오고 각자 자리로.
        미정과 지희가 자리 쪽으로 오는데, 그때,

최 팀장 (E) 아씨…

미/지   !

최 팀장이 인쇄물에 빨간 펜으로 찍찍 긋고 있다. "쯧" 소리도 내가 며. 지희는 그런 팀장을 보다가 짜증을 꾹 누르며 자리에 앉고. 미정 도 앉고.

지희   (혼잣말처럼) 휴가 가면 저 소리 안 들어서 살 것 같애.
미정   …

지희는 칫솔을 챙겨 일어나고,
최 팀장이 한숨을 쉬며 인쇄물을 팍팍 넘기자,
미정은 책상의 컵을 들고 일어나 탕비실 쪽으로.
#탕비실. 미정이 물을 따라 드는데, 수진이 나가며

수진   남친한테 일러버려.
미정   (짐짓) 그럴라구.

물을 마시며 뚱하니 최 팀장 쪽을 보는 미정.

5.   식당 (낮)

기정이 동료들(김 이사, 이 팀장, 은비, 소영 등)과 식당에 들어오고.
자리를 잡고 앉고, 뭐 먹을까 메뉴를 보고.
컷 튀면,
맛깔스런 식사가 테이블에 놓이고, 사진을 찍는 직원들.

기정은 먹으려다가 사진 찍는 동안 잠깐 기다려주고.

찍고 나면 덤덤히 먹기 시작하는 모습 위로

기정 (E) 왜 툭하면 사진을 찍는지 이해할 수 없었는데, 나도… 사진
이 찍고 싶어졌어요. 지금 이 시간, 난 이걸 먹는데 당신은 뭘 먹
을까.

그런 내용의 톡을 하는 것 같은 앞에 앉은 동료들.

6.   미정 회사. 구내식당 (낮)

태훈이 가벼운 얼굴로 동료들과 얘기하며 식사하고 있고.

7.   거리 일각 (낮)

커피를 들고 직원들의 얘기를 들으며 걷는 기정.

그때 소영이 하늘을 보고는, 탄성을 터뜨리며 하늘 보라고.

기정도 하늘을 보는데, 따뜻해 보이는 노란 미색 구름이 펼쳐져 있다.

소영 저걸 바닐라 스카이라고 하지 않아요?

모두 그으래?

소영 바닐라색이잖아요.

하늘을 보며 천천히 걸어가는 기정의 얼굴 위로,

기정   (E) 내가 지금 뭐 하고 있는지, 뭘 보고 있는지, 왜 자꾸 알려주
      고 싶을까요? 날 궁금해할 리 없는데.

8.   기정 회사. 탕비실 (낮)

태훈의 톡에 있는, 유림의 독사진. 그리고 유림과 누이가 같이 찍은
사진. 그런 사진을 보고 있는 기정. 태훈의 사진은 없다. 태훈과의 톡
을 본다. 싸움 붙인 놈들 이름 대라고 난리 쳤던 그날의 톡에서 끝. 그
창에 이모티콘을 이것저것 띄워본다. 그러다가 [I miss you]에서 멈추
고. 자신의 심정이 그런 듯, 그 이모티콘을 띄워놓고 가만히 보고 있
는. 그러다가 그만하려는 듯 자세를 푸는데, 돌아가기를 누른다는 게
전송 버튼을 누른 듯, 히익! 태훈과의 톡방에 [I miss you]가 낯 뜨겁게
움직이고. 이런 뜨벌. 급히 지우고. [삭제된 메시지입니다.]

기정   못 봤겠지?

가만. 그러다가 욕 나오겠는. 어우씨. 또 가만. 그러다가 톡을 보낸다.
[죄송해요. 잘못 보냈어요.]
긴장해서 보낸 톡을 가만히 보고 있는데, 숫자 1은 사라지지 않고. 못
봤겠지?

9.   미정 회사. 태훈 사무실 (낮)

태훈이 자리로 가며 "알겠습니다. 네. 네." 통화를 끝내고 핸드폰을 보
다가, 톡을 봤는지 클릭해서 본다. [삭제된 메시지입니다. / 죄송해요. 잘
못 보냈어요.]

태훈   …

거기에 뭐라고 답을 쓰고는 핸드폰을 놓고 컴퓨터에 집중하는 태훈.

10.   기정 회사. 사무실 (낮)

기정이 책상에 거의 다 와서 핸드폰을 확인하는 모습에서 정지.
[조태훈: 궁금하네요. 뭐였는지 ㅎㅎ]

기정   …!

조용히 설레는 얼굴.
의자에 앉을 생각을 안 하고 가만히 서서 보고 있다.

11. 기정 회사. 엘리베이터 앞 (낮)

정지해 있지만 행복한 상상을 하는 듯 뭔가 들뜬 기정의 얼굴.
그때 옆에 있던 직원이

여직원 내일부터 휴간데 뭐 하세요?
기정 (자기 생각에 빠져 있다가 살짝 놀랐고) 음? / 뭐… 거사를 치를 수도.

기정이 도착한 엘리베이터에 오르고.

12. 지하철 역사. 플랫폼 (낮)

분주히 지나가는 사람들 사이에 정지 화면처럼 한자리에 가만히 서
있는 기정. 멍 때리는 것 같은데, 잠시 후, [궁금하네요. 뭐였는지ㅎㅎ]란
글자가 머리 위에서 스멀스멀 내려오면서, 서서히 미소가 번진다. 흐
뭇하고 행복한. 그렇게 있다가… 정신 차리자 싶어, 심호흡을 하며 시
선을 돌리는데 또 멍. 그쪽 한구석에서 스멀스멀 나오는 [궁금하네요.
뭐였는지ㅎㅎ] 글자.

13. 동네 일각 (초저녁)

마을버스에서 내려서 뚜벅뚜벅 걸어오는 기정.

그런데 집을 향해 걸어가는 뒷모습이 또 살짝 부드러워지고, 또 어디선가 [궁금하네요. 뭐였는지 ㅎㅎ]가 나타나 발끝에 따라붙는다. 이어서 [보고 싶어요. 만나요 우리]라는, 하지도 않은 말까지 따라붙는다. 흐물흐물해지는 얼굴.

14.   집 외경 (밤)

15.   집. 거실과 주방 (밤)

달그락달그락 밥 먹는 소리.
제호, 혜숙, 기정, 창희, 구씨가 있는 저녁 밥상.
구씨는 똑같이 밥 먹는 건데, 좀 활기가 느껴진다.
제호가 먼저 일어나 밥그릇과 국그릇을 개수대에 넣고 나가고.
혜숙은 바닥에 놓인 냄비들을 주섬주섬 챙겨 일어나 주방에 놓고, 과일 껍질 쓰레기가 담긴 양푼을 들고 나간다.

창희   …술 좀 드릴까요?
구씨   …밥 먹을 땐 밥만. 술하고 밥하고 잘 안 섞어.
창희   …진정한 술꾼이십니다.

기정은 정말로 궁금해서 어렵게 물어보는 자세로, 눈치 보며 쭈뼛쭈뼛

기정	뭐 하나, 물어봐도 돼요? 정말… 해요?
구씨	?
기정	추앙?
구씨	(무시하고 그냥 먹는데)
기정	(웅변하듯) 위대--하시고! 위대-하신! 끝내주게 황홀하신! … (말하는 톤) 이런 거 해요?
창희	(돌아버리겠고. 기정을 흘겨보며 눈치 주는데)
기정	사귀자고 안 했대. 추앙하라고 했대. (구씨 가리키며) 한다고 했대. (구씨한테) 한다고 했다면서요. '하이 히틀러! 위대하고 위대하신!' 이런 게 추앙 아냐?
창희	불쌍히 여기세요. 올겨울엔 아무나 사랑하겠다고 했는데, 아직…
기정	(뚱하니 먹고)

16. 집. 마당 + 거실과 주방 (밤)

혜숙은 과일 쓰레기를 텃밭에 묻다가

혜숙	미정이 어디쯤인지 전화해 봐!
창희	(톡을 하고. 좀 있다가, 크게) 늦는대요. 아직 회사래요.
혜숙	(일하며) 한 상에서 먹긴 글렀네.
구씨	(먹는 표정)

17.　구씨네 (밤)

소파에 가만히 앉아 있는 구씨. 편하게 늘어진 자세가 아니라, 소파 끝에 엉덩이만 걸치고 있는. 그러다가 핸드폰을 열어서 시간을 확인하고 놓고. 또 가만히. 이상한 긴장과 초조. 그러다가 벌떡 일어나 냉장고로. 소주를 꺼내 잔을 챙겨 들고 와 따서 한 잔을 마신다.

18.　미정 회사. 사무실 (밤)

거의 퇴근하고, 미정만 있는.
미정은 빨간 펜 자국이 가득한 인쇄물을 보며 컴퓨터 수정 작업 중.
꾸역꾸역 하는 듯 손놀림도 느리고. 그러다가 인쇄물을 보며 가만…
무슨 생각에서인지 슬며시 미소가 번진다. 서둘러 가방을 챙긴다.

19.　당미역 앞 (밤)

역사에서 밝은 얼굴로 나오는 미정.
구씨를 찾는 듯, 집 방향을 좀 보고.
마을버스 정류장 쪽을 등지고 다른 데로 간다.

20. 동네 커피숍 (밤)

창가로 긴 테이블이 놓인 곳에, 밖을 보고 앉아 일하고 있는 미정 위로,

[INS. 1화 46씬. 회사 근처 커피숍에서 일하던 모습.

빨간 펜 자국이 가득한 보고서를 내려다보고 있던 미정.

미정은 터지려는 눈물을 슥슥 닦고⋯ 차분히 가만히 있다가⋯

맞은편 의자에 누군가 앉아 있는 것처럼 미소로 거기를 봤다가⋯]

미정   (E) 당신과 함께 여기 앉아서 일한다고 생각하면, 이런 그지 같
은 일도 아름다운 일이 돼요. 견딜 만한 일이 돼요.

현재. 일하고 있는 미정의 모습 위로

미정   (E) 연기하는 거예요. 사랑받는 여자인 척. 부족한 게 하나도 없
는 여자인 척.

그때, 커피숍 앞을 뚜벅뚜벅 걸어오는 구씨. 기다렸다는 듯이 뚜벅뚜
벅. 그렇게 일하는 미정의 시야에 들어오고. 미정이 구씨를 보나, 구
씨는 미정을 못 본 척 지나쳐 가게 문으로. 미정이 카페에 들어오는
구씨를 돌아보는데, 구씨는 미정을 외면하고 바로 계산대로. 구씨가
주문을 끝내고 기다리는 동안 미정을 힐끗 돌아보는데, 미정은 일만.
서로를 쳐다보는 타이밍이 어긋나는.
컷 튀면, 구씨가 미정 옆으로 바짝 붙지는 않고 여유 있게 떨어져 앉
은. 미정은 일하다 빙긋이 구씨를 보고

미정   염미정의 상상은 현실이 된다.

구씨가 그 말에 미정을 보는데, 뭐래? 싶은 시선. 바로 딴 데 보고. 미
정도 다시 일 모드. 구씨는 술을 마시고. 각자의 일을 하는 두 사람.

21.   동네 일각 (밤)

미정이 길가에 난 수풀을 손으로 툭툭 쳐가며 걷고.
구씨의 손에 들린 봉지 안에선 병 부딪치는 소리.

미정   술 참 특이하게 마셔. 멍 때리는 것처럼 가만히 앉아서. 난 하이
        해지려고 마시는데.
구씨   (좀 걷다가) 난… 차분해지려고 마셔.
미정   (보는)
구씨   술이 들어가면… 머릿속에서, 붕 떠서, 정신없이 왔다 갔다 하
        던 퍼즐 조각들이 착 제자리에 앉는 것 같애.
미정   … (뭔가 안 좋군)
구씨   …그러면서 순해지는 것 같고.
미정   …머릿속에 뭐가 왔다 갔다 하는데?
구씨   …욕.
미정   …!
구씨   하루 종일 욕만 해. 속으로.
미정   누구한테?

구씨	몰라 나도.
미정	욕에 스토리가 있을 거 아냐?
구씨	없어. 그냥 욕만 해.
미정	…!
구씨	…욕을 안 할 때, 술 마실 때, 잘 때. 이렇게… 말할 때.
미정	…!

터덜터덜 걸어가는 두 사람의 뒷모습.

22. 변상미 편의점 (다음 날, 낮)

간단한 편의점 음식으로 둘이서 식사를 하다가 말고, 현아가 창희를
보는데

창희	그 사람한테 추앙하라고 했대.
현아	!
창희	대단하지 않냐 염미정?
현아	(빙긋이) 그 남자 문제 많지?
창희	! (어떻게 알았지?)
현아	느낌이 그러네. 왠지 그 남자 살리려고 한 말 같다, 염미정.
창희	! (그럴 수도…)

23.   주택 앞 (낮)

#일을 마친 듯, 구씨와 제호가 한쪽에 쌓아둔 뜯어낸 싱크대를 짐칸
   에 싣고.
#떠나는 용달.

24.   주유소 (낮)

주변에 밭과 산만 있는, 경기도 외곽의 국도 변 느낌.
구씨가 용달 주유구에 호스를 걸고, 기름이 들어가는 동안 멀리 본다.
잠깐 쉬는 느낌. 그러다가 혼잣말처럼…

구씨   위대…하신.

그렇게 있는데, 기름이 다 들어간 듯 딸깍 소리.
주유구에서 호스를 빼 거는데,
#동승자가 화장실에 갔는지, 세단 운전석에서 핸드폰을 보던 놈(삼
   식)이 구씨 쪽을 봤다가, 다시 핸드폰 보다가 다시 구씨를 보는!

삼식   !

구씨는 주유구 뚜껑을 닫고, 용달에 올라 계산된 영수증과 카드를 제
호에게 넘기는데, 삼식이 세단에서 내려 용달 쪽으로 가고, 용달은 스

억 주유소를 빠져나가고. 삼식은 종종종 용달을 따라가 멍하니 보는
데, 그때 화장실 쪽에서 핸드폰을 하며 나오던 백 사장(골프복)이 차
에 타려다가 멀리 있는 삼식을 보고.

백 사장 (짜증) 뭐 하냐?
삼식   (용달이 떠난 방향 가리키며) 구 사장 같은데요?
백 사장 !!

백 사장은 삼식 가까이 가고.

백 사장 어디?
삼식   저기 저 차요.

용달이 200미터 전방에서 좌회전을 하려고 깜빡이를 켜고 있고.

삼식   저기 깜빡이 켜고 있는 트럭이요.

그때 용달이 좌회전하면서, 구씨의 옆모습이 보이자, 백 사장은 집중
해서 보는데, 좀 편안하게 미소 짓는 듯한 구씨의 얼굴. 애매한 듯 뚫
어져라 보는 백 사장.
그렇게 용달이 멀어지고…

백 사장 (가만히 있다가… 아니다 싶은) 걔가 왜 용달을 몰아?

세단으로 가다가 뭔가 찜찜한 듯 한 번 더 돌아보고 가는.

25.　집. 주방과 거실 (낮)

혜숙이 식탁을 치우고, 구씨는 물을 마시며 벽에 붙어 있는 사진들을 본다. 식구들 사진을 보다가, 미정의 어린 시절 사진들을 보는. 그러다가 사찰의 툇마루에 앉아 있는 예닐곱 살 정도의 미정 사진. 풀샷이라 작게 보이는데 손에 들린 뭔가를 만지작거리는 듯 고개 숙이고 있는 사진. 그때 혜숙이 지나가다가 구씨 뒤에서

혜숙　그건 미정이.
구씨　(살짝 흠칫)
혜숙　걘 어려서 카메라 보는 사진이 별로 없어.
구씨　…

사진 속의 어린 미정을 보는 구씨.

26.　미정 회사. 엘리베이터 앞 (낮)

누런 서류 봉투 위에 붙인 녹색 종이 카드(신용카드 크기)를 보며 오는데, 최 팀장이 엘리베이터 앞에서 직원과 웃으며 얘기하다가 미정을 보자 표정이 굳고.

최 팀장 검토 끝났대?

미정 네. (인쇄물을 내미는데)

최 팀장 (턱짓) 갖다 놔.

같이 있던 직원은 민망한 듯 딴 데를 보고. 미정이 가는데 들으라는 듯

최 팀장 미적 감각 이런 건 타고나는 거야. 색감 이런 건 배운다고 되는 것도 아니고.

멈칫거림 없이 그냥 가는 미정의 뒤통수.

27.   식당 (낮)

미정이 밥을 먹고, 보람은 먹다 말고 핸드폰을 보는데, 핸드폰엔 서류 봉투에 붙어 있던 녹색 카드와 같은 색감의 화면이 떠 있다.

보람 한 달을 고민하더니, 이걸로 결정 난 거예요? 고만고만한 그린 에서 왜 이걸까…

미정 (보는) 어떻게 결정 났는 줄 알아?

28. 미정 회사. 브랜드실 (낮) - 회상

테이블에 놓인 여러 개의 녹색 카드. 실장(중년 여성)과 그 외 직원들
이 골똘히 카드를 보는데, 실장이 그중 하나를 집어 눈높이로 들어서
보다가

실장   왠지… 이거라는 느낌이 오네…

주변의 직원들이 그 선택에 동의하듯 카드를 보며 끄덕이고.
미정은 좀 떨어져서 한 직원한테서 봉투를 받으며 힐끗 보는.

실장   (카드 뒷면의 명칭을 읽는) 스프링 부케. 봄 꽃다발.
미정   (그 녹색 카드를 보는 표정)

29. 식당 (낮)

황당한 미소로 서로를 보는 미정과 보람.

보람   그렇게 오래 고민하더니, 결국 한 사람의 느낌인 거야?
미정   근데… 난 처음부터 그거라고 생각했다는 거.
보람   !
미정   근데… 내가 그렇게 말했으면 먹혔을까? (다시 먹는)
보람   …성과를 내본 분들의 말은 진리니까. 우린 성과를 내본 적 없고.

미정   …그래도 그분이 그렇게 말하는데, 고맙더라. 뭔가 나랑은 차원
         이 다른 사람들인 줄 알았는데… 그냥 느낌으로 가는 거였구
         나… (다시 열심히 먹는데)

보람   (먹으며 무심하게) 언닌, 언니가 잘났다는 걸 몰라서 불행한 거
         같애.

미정   !

미정이 멈칫해서 보람을 보는데, 보람은 그냥 먹기만.
미정도 그냥 먹기 시작.

30. 희선 가게 앞 (낮)

놀러 갔다가 이제 막 온 듯, 유림이 차에서 내리자마자 집으로 들어가
는데, 가게 문에는 [여름휴가 / 8월 7일(수)~8월 11일(일)]이라고 써 붙인
게 보이고. 경선과 희선은 트렁크의 짐을 내리며 티격태격.

경선   1박 2일에 몇 끼나 먹는다고. 고대로 도로 갖고 올 거 맨날. 담
         엔 이렇게 싸지 마라.

희선   옮겨라 쫌. 그만 떠들고.

경선   맨날 반복하잖아, 짐 쌌다 풀렀다! 3층까지 오르락내리락!

자매가 그러는 동안 태훈은 좀 떨어져서 통화를 하다 끝내고.
차로 와서는 마음이 급해 같이 짐을 내리며

태훈   나 잠깐 좀 갔다 올게.

희선   어딜?

태훈   (짐만 내리는)

희선   어디 가는데?

태훈   누가 너바나 2집 내놔서. 직접 가서 들어보고 사려고.

희선   어딘데?

태훈   산포.

희선   (히익) 거기까지 언제 갔다 올라구. 여태 힘들게 운전하고 와서
        거길 또 가?

태훈   금방 갔다 와. (차 안의 자잘한 짐들도 바삐 꺼내고)

희선   그냥 사지, 뭘 또 들어보고 산다고… 힘들게…

태훈   들을 수 없는 수준인 거 파는 사람들 있어.

희선   하루 쫑일 차 안에서 보내겠네…

경선   (문득) 산포면 기정이한테 부탁하면 되지.

태훈   ! (운전석에 오르려다가 멈추고)

경선   (핸드폰 꺼내고) 있어 봐.

31.   집. 마당 (낮)

집에서 빠른 걸음으로 나오는 기정의 얼굴 위로

태훈   (E) 죄송해요. 번거롭게 해드려서.

기정   (E) 아녜요. 여기서 가까워요. 금방 가요.

잰걸음으로 마을버스 정류장 쪽으로.

#마을버스 정류장에 서서 버스가 언제 오나 보고. 왠지 설레는.

32. 중고 음반점 (낮)

레코드판이 잔뜩 있는 작은 가게.

주인 남자가 너바나 2집 재킷에서 판을 꺼내고, 턴테이블에 올리고.

그 과정을 지켜보며 작게 통화하는 기정.

기정 (낮게) 시작합니다.

그리고 (태훈과 통화 중인) 핸드폰을 턴테이블 옆에 놓는다.

기정은 돌아가는 레코드판을 본다. 긴장과 설렘. 어떤 곡이 나올까.

Lithium.

처음 듣는 곡인데 상체를 끄덕이며 리듬을 타게 되는.

음악에 문외한인 이가 난생처음 곡에 빠려드는 느낌.

33. 동네 일각 (낮)

시골길 풍경에, 음악이 흐르며, 씩씩하게 그 앨범을 들고 오는 기정과

[INS. 핸드폰 너머에서 들려오던 음악이 고조에 이르자 립싱크하며

빠져들던 태훈의 모습]이 교차로. 그렇게 씩씩하게 오던 기정이 순간

멈추고 가만.

그러다가 핸드폰을 열어본다.

좀 전에 나눈 태훈과의 톡.

[덕분에 정말 수월하게 득템했습니다. 정말 감사합니다. / 별말씀을요. / 제가 지금 휴가 중이라서요. 다음 주에 염미정 씨 편에 보내주시면 감사하겠습니다. / 네네. 그렇게 할게요. / 정말 감사합니다. 제가 크게 한턱 쏘겠습니다. / 기대하겠습니다!]

그걸 보고 가만히 있는 기정. 톡을 치기 시작.

기정   (E) 제가 토요일에 서울 나갈 일 있는데, 혹시 시간 되시면 그날
               드릴까요?

               숨을 죽이며 답을 기다리는데… 1이 사라졌다! 긴장하고 있는데,

태훈   (E) 하루라도 빨리 받으면 저야 감사하죠!

               기정의 얼굴에 환희가 번지고. 이어서 들어오는 톡

태훈   (E) 몇 시가 좋을까요?

               설레는 얼굴로 톡을 몇 번 주고받고. 대화가 끝난 듯.

기정   (대화 창을 보며) 보고 싶었어요…

34.   미정 회사. 사무실 (낮)

미정이 일하다가 진동으로 울리는 핸드폰을 보면, 조태훈 과장. [언니
분한테 토요일에 직접 받기로 했어요. 신경 쓰지 않으셔도 될 듯요.] 거기에
답문을 치는 미정.
한쪽의 최 팀장은 미정이 두고 간 봉투에서 꺼낸 인쇄물을 보는데.

최 팀장 !!

미동도 안 하고 가만. 몇 장을 넘겨본다. 가만…

35.   초등학교 운동장 (낮)

뙤약볕이 내리쬐는 운동장에서 열댓 명의 초등학생이 공을 차고.
훈련을 끝내고 땀에 젖어 일렬로 마주 서서, "수고하셨습니다!"
코치인 두환과 감독으로 보이는 남자에게도 "수고하셨습니다! 수고
하셨습니다!"

36.   초등학교 복도 (낮)

샤워실로 가는 듯, 소란스럽게 복도를 달려가는 아이들.
두환은 걸어오다가 교무실을 힐끗 본다.

'곽희수'라고 이름이 붙은 책상. 그 아래 가지런히 놓인 슬리퍼.

37.　산포 신도시 (낮)

(옷은 갈아입고) 오토바이를 타고 가는 두환.
신도시로 접어든 듯, 우거진 숲에 둘러싸인 아파트.

38.　아파트 단지 앞 (낮)

수위 아저씨가 한곳을 보고 가만히 있다.
그곳에 오토바이를 타고 서 있는 두환.
(여기에선) 헬멧의 고글을 내리거나 선글라스를 써서 얼굴을 가린 상황.
차단막을 열어줘야 들어갈 수 있는데, 그걸 열어달라는 말을 하긴 뭐한.
두환 앞으로 자장면 배달 오토바이가 휭 지나가고, 그 오토바이가 차단막 가까이 가자, 수위 아저씨가 리모컨을 눌러 차단막을 올려주고. 휙 들어가는 배달부. 그리고 다시 차단막이 내려온다. 그걸 가만히 보고 있는 두환.
수위 아저씨는 두환을 계속 보기 뭐해 딴짓하며 외면하고.

39.   산포 신도시 (낮)

다시 오토바이를 몰며 쓸쓸히 가는 두환.

40.   달리는 마을버스 + 두환 카페 앞 (초저녁)

#동네. 창희가 마을버스 타고 오다가 창밖을 보고는, 한숨이 나와 고
개가 떨어진다.
#마을버스가 창희를 내려놓고 가고, 창희는 카페 쪽을 보고 표정이
좋지 않은데.
#카페 앞에서 두환이 쓸쓸한 표정으로 창희를 보고 있다. 기다린 듯.
창희가 두환 앞을 뚜벅뚜벅 지나며,

창희   와. 밥 먹고 얘기해.

두환은 거리를 두고 미적거리며 따라가고.

41.   집. 거실과 주방 (밤)

창희가 옷도 갈아입지 않고, 두환과 식탁에 마주 앉아 밥을 먹는데,

두환   아파트는 낭만이 없어. 좋아하는 여자 집도 멀리서 볼 수 없고.

창희는 상관없이 먹고. 두환은 또 한참 후에

두환   애타는 마음 오픈하는 날, 같은 걸 국가적으로 제정해 줬으면
        좋겠어. 우리같이 샤이한 남자들을 위해.
창희   샤이한 우리 아부지도 결혼해서 애 셋 낳고 잘 사셨어.

    #안방에 있는 제호는 멍하니 TV만 보고 있고.

42.   창희 방 + 자매 방 (밤)

창희가 씻고 들어온 듯 젖은 머리를 털어 말리는데,
두환은 침울하게 혼잣말하듯

두환   마음은 막 달려가는데, 할 수 있는 게 아무것도 없어. 전화도 못
        하고. 맨날 톡에 사진만 보고. 혼자 애타고 가슴 졸이고, 대한민국
        에 나처럼 이렇게 애타는 사람들 에너지만 모아도, 원전 돌리고도
        남는다. 그 정도 에너지야. 방출되지 못하고 눌려 있는 힘이.

    창희는 상관없이 움직이는데,

두환   (창희를 보며, 말하는데 점점 목소리가 커지고) 이게 얼마나 국가적
        으로 손해냐고. 생각해 봐라? 그런 날이 있고, 그런 문화가 있으
        면, 이렇게 혼자 애타고 가슴 졸이느라 에너지 낭비할 일도 없

고, 얼마나 좋냐고. 국가가 인정해 주는 거야. 최대한 예의를 갖춰서 담백하게 고백하고, 또 최대한 예의를 갖춰서 매너 있게 거절하는 날! '국가의 허락을 받아 당신에게 나의 마음을 오픈합니다. 사랑합니다.' 거절 멘트도 국가가 정해줘. '참으로 감사합니다. 그러나 저는 사랑하는 사람이 있는 관계로…' 국민청원 올려봐? 이거 호응하는 사람 꽤 된다.

창희   고백해 봤자 거절당할 건 뻔한데, 포기는 못 하겠고. 하고는 싶은데 내상은 적게 입고 싶고.

두환   … (그러함)

창희   그걸 나라보고 해달라고 하냐? 그냥 남들은 고백하고 들이대고 까이고 상처입고 그러고 살아. 그걸 무슨 나라까지 들먹거리면서.

두환   맨날 소수자, 약자를 위한 정책은 쏟아지면서, 왜 연애사에 소수자, 약자를 보호하는 시스템은 없냐고!

창희   국가가 니 간땡이 작은 것도 케어해 줘야 되냐고!

두환   …문화를 만들자는 거지. 이건 당신에 대한 호의를 최대한 예의를 갖춰서 사회적 시스템 안에서 표현하고 있는 거다. 한마디로 건강한 연애 문화! 싫어한다는 것도 아니고. 왜 좋아한다는 말을 못 해?

#자매 방. 창희와 두환이 그런 말을 하는 동안,
앉아서 그 얘기를 가만히 듣고 있는 기정. 눈앞엔 너바나 앨범이 있고.

창희   국가가 인정해 준다 치자. 너 그 여자한테 고백하면 까여 안 까여? 영혼이 대답해 봐!! 까여 안 까여?

두환   (시무룩)

창희   학교는 다녀야 될 거 아냐? 교장 쌤 딸한테 들이댔다가 무슨 꼴 날라구!

두환   (뚱하니 머리가 돌아간다) 고백하고 까이면… 기억 못 한다고 하면 되지.

창희   (뭐래?)

기정   !

두환   자전거 타다가 사고 난 사람 두 명 봤는데, 둘 다 사고 난 순간이 기억에 없대. 한 명은 자전거 타고 한강 다리 건너고 있었는데, 눈 떠보니까 병원이래. 깨서 (팔을 보는) 이렇게 보는데 환자복이더래? '오잉? 이게 뭐지?' 자빠진 순간이 있을 거 아냐? 전혀 기억에 없대. 달리던 기억에서 그냥 블랙! 또 한 사람은 낮에 자전거 타던 것까진 기억나는데, 추워서 깨보니까 야밤에 수풀에 대짜로 누워 있더래. 친구한테 전화 와서 '(자다 깬 듯) 여기 어디니? 나 왜 여기에 누워 있니?' 정말 희한한 게 둘 다, 어떻게 자빠졌는지 아-무 기억이 없대. (결론)

창희   (멍. 그래서?)

두환   고백했다가 까이면 니가 오토바이로 슬쩍 부딪혀줘. 내가 헐리우드 액션 제대로 해서 나가떨어질게.

창희   (헐. 이걸 자세히 들은 내가 바보)

두환   기억 못 한다는데 뭐 어쩔 거야? 짜를 거야 뭐 할 거야?

창희   (확) 그걸 믿냐?

하는데 어느새 방문 앞에 서 있는 기정.

213

기정   (손 들고) 도전!

창/두   !!

기정   …

창희   …

기정   내가 먼저 해볼게. 되나, 안 되나.

창희   …!

43.   집 앞 (밤)

두환은 머쓱한 얼굴로 카페 쪽으로 가면서 집 쪽을 돌아보고.
사달을 낸 놈이 조용히 도망가는 분위기.

44.   집. 거실과 주방 (밤)

창희가 제 방에서 나오는데, 기정이 창희 방에 앉아서 나가는 창희를
돌아보며

기정   (크게) 그냥 손으로 슬쩍 툭 쳐달라고! 내가 알아서 자빠질게!

창희   (돌아보며) 야. 에으씨. 어후… (화장실 쪽으로)

기정   (나와서) 그게 뭐 어려워? 지나가면서 그냥 손만 툭 대면 되는
       데!

창희   꿈도 꾸지 마라. 아오 씨… 또 어떤 놈인지… (화장실로 들어가

문을 쾅! 닫고)

혜숙이 방에서 나와 보고

혜숙   또또또… 다 큰 것들이 맨날…
기정   …

혜숙은 주방으로 가 널브러진 것들을 치우는데,
씩씩거리며 서 있던 기정이 화장실 문 앞으로 바짝 가 서서

기정   (차분히) 나와.

혜숙은 창희한테 화장실에서 나오라는 말로 듣고, 또 애간장이 녹는데

기정   토요일 오후 세 시, 강남역 근처 커피숍이야. 정확한 장소는 톡
        으로 넘겨줄게.

그리고 방으로 뚜벅뚜벅. 혜숙은 무슨 상황인가 싶고.

45. 미정 회사 외경 (다음 날, 낮)

46. 미정 회사. 사무실 + 브랜드실 (낮)

자리에 앉아 통화하는 최 팀장.

최 팀장 네. 네. 컬러는 스프링 부케가 맞고요. 네. 네 알겠습니다.

#브랜드실. 실장이 통화하는데, 회의 중이었던 듯 테이블 주변으로
직원들이 서 있고.

실장 근데 그 책자 말야…
최 팀장 네.
실장 처음엔 괜찮은데, 왜 수정안에서 이상해지지? 항상.
최 팀장 (!) 에…… 신경 쓰게 하겠습니다. 네.

전화를 끊고 가만. 봉투에서 삐죽 나온 인쇄물을 꺼내 본다.
브랜드실에서 검토한 인쇄물에 '초안대로'라는 글이 쓰여 있고.
심기가 불편한 듯 툭 집어넣고, 미정 쪽을 가만히 보는. 그러다가

최 팀장 염미정 씨.
미정 (살짝 놀라고) 네?
최 팀장 책자 작업한 거, 웹하드에 올렸지?
미정 네. (긴장해 보는. 또 뭘까)
최 팀장 … (그런 미정을 가만히 보다가) 내가 알아서 처리할게, 고생했는
데 일찍 들어가.

최 팀장은 마땅치 않지만 넘어간다는 듯 인쇄물 봉투를 툭 한쪽에 던져놓고.

미정은 덤덤히 다시 컴퓨터를 보는. 흔들리지 말자…

47.   역사 근처 (낮)

구씨가 역사 건너편에 서서 역사 쪽을 봤다가 편의점 쪽을 봤다가…

48.   달리는 전철 안 (낮)

미정은 전철 안에서 문가에 서서 목 빼고 밖을 보고.

49.   당미역. 플랫폼 (낮)

문이 열리자마자 열차에서 튀어나와 뛰어 계단을 오르는 미정.

개찰구를 빠져나와서도 달리고.

50.   당미역 앞 (낮)

그런데 역사에서 나와서 보면 구씨가 없다.

미정은 두리번거리며 핸드폰을 하고.

51.   편의점 (낮)

구씨는 급하게 계산대 위에 커피 두 개, 아이스크림 두 개를 놓는데,
주인은 계산할 생각을 안 하고 구씨를 빤히 올려다본다.

주인   술은?
구씨   이것만요.
주인   이따 또 오지 말고 그냥 사 가지?
구씨   (돌겠는. 딴 데 보는)

주인은 이상하네 싶은 시선으로 물건을 담고.
구씨가 홱 봉지를 낚아채 들고 나가고.

52.   편의점 앞 (낮)

핸드폰 하며 두리번거리던 미정 앞으로 구씨가 편의점에서 급히 나
오자 부딪힐 뻔.
미정이 흠칫 놀라 핸드폰을 내리고. 구씨와 미정 둘 다 머쓱해져 가는데

미정   어우씨. 안을 뻔했네. 반가워서.

구씨   ! (계면쩍어 앞장서 가고)

그렇게 살짝 거리를 두고 걸어가는데.
#편의점 안 유리창에 붙어서 그런 둘을 보는 주인.

주인   미정이 큰일 하네…

53.　동네 일각 (저물녘)

구씨가 산 걸 먹으며 가는데, 미정은 연신 들어오는 톡에 답. 핸드폰
을 접으며

미정   이 동네 살던 미친 언니가 있는데. 그쪽 궁금하다고. 보러 온대
　　　　서. 오지 말랬어요.
구씨   …
미정   서로 안 좋아할 거야.
구씨   왜?
미정   (멈칫… 멈칫…)
구씨   말하기 껄끄러울 때, 항상 그러드라. 멈칫… 멈칫…
미정   …비슷해. 둘이.
구씨   뭐가?
미정   …둘 다 쎄.
구씨   …

미정	…둘 다… 거칠고… 투명해.
구씨	(기분 좋게 어이없는) 차… 투명은… (어이없는 미소가 떠나지 않는) 미쳤구나…
미정	투명해.
구씨	(멈춰서, 어이없는 미소) 너 지금 나 추앙하냐?
미정	…음.

구씨가 어이없어 하며 가고, 미정은 뚱하니 쫓아가는.

54. 창희 회사. 사무실 (다음 날, 낮)

창희가 자리에 앉자마자 노트북 자판을 치는데, 의자에 앉은 채로 슬쩍 창희 옆으로 들어오는 정아름.

아름	상품개발팀에 지원했대매?
창희	(어떻게 알았지? 그냥 일하며) 네.
아름	왜? 승진 안 될까 봐?
창희	(쌩)
아름	투 트랙?
창희	뭐. 에. (그냥 자판만 치는)
아름	(눈으로 둘러보며) 우리 지점에서만 여덟 명이 신청한 거 알아?
창희	(그냥 일만)
아름	세 명 뽑는데, 67명 지원했대. 20 대 1. 뚫어봤어?

창희   억 대 1도 뚫고 나왔는데요 뭐. (일만)

아름   (창희를 보는. 대화에 뜻이 없다는 걸 알면서 또) 승진은 10 대 1 정도잖아. 확률로 따졌을 때, 승진에 올인하는 게 백번 낫지, 10 대 1을 포기한 사람이 20 대 1에 도전한다는 게 이상하지 않아? 사람이 궁지에 몰리면 이렇게 단순한 산수도 못 한다?

창희   (일만)

아름   (창희를 보다가 노트북을 보는) 뭐 쳐?

창희   (노트북을 덮고 훅 일어나 버리고)

55.   흡연 장소 (낮)

창희의 뒤통수 위로 수북한 담배 연기. 열받은 듯 거친 숨소리.
급하게 담배를 뻑뻑 피우다가 숨을 고르며 가만.
그러다가 팔 떨어지게 담배를 쓰레기통에 버리고. 시팔.
담배와 라이터도 통째로 버리고. 시팔. 그렇게 숨을 고르는 창희.

56.   공장 + 공장 앞 (낮)

윙… 제호는 목재를 재단하고. 구씨는 몰딩한 자재를 쿵 쌓고.
땀이 줄줄 흐르고, 숨이 막혀 헐떡이기 직전.
제호가 기계를 멈추면 그제야 진동으로 울리는 핸드폰 소리가 들린다.
한쪽에 놓인 구씨의 핸드폰. 구씨는 일하며 발신 번호를 힐끗 보고 말고.

전화가 끊어지더니, 잠시 후 문자가 들어오는 진동음이 연속.

제호   (수건으로 얼굴에 흐르는 땀을 닦으며) 그냥 받어.

구씨가 하던 일을 마저 하고, 핸드폰 보며 문 쪽으로 가는데 순간 멈칫.

문자 내용은 [삼식이가 너 경기도 어디 주유소에서 봤다는데 진짜냐?]

[무슨 용달 몰고 가는 거 봤다는데 진짜냐고 새꺄!!]

이어서 들어오는 문자.

[백 사장도 같이 봤댄다 새꺄]

구씨   !

구씨의 뒤로 왔다 갔다 하는 제호가 보이고.

제호에게 들리지 않게 완전히 나와서 전화를 걸고. 신호음이 한 번 가고 바로

현진   (F) 바로 전화하는 거 보니까 경기도에 있는 거 맞나 부네 이 새
       끼. 서울 바로 코앞에 있었으면서 멀리 있는 척했냐?

구씨   (혼잣말처럼) 누가 멀리 있는 척했다고…

현진   (F) 삼식이가 넌 거 백 프로 알아봤으니까 조만간 그 근처 뒤진
       다. 백 사장 새끼가 찾아서 찾아지면 넌 조떼는 거야. 짜잔 하고
       먼저 나타나서 뒤통수쳐야지. 그냥 먼저 선빵 날리자고 새꺄!!

구씨   내가… 짜잔 할 건데.

현진	(F) 할 건데?
구씨	내가…… 지금 너무 바빠…
현진	(F) 뭐 하느라고 바쁜데??
구씨	끊어.
현진	(F) 야!

전화를 끊고 멀리 본다. 뭔가 기운 빠지고 쓸쓸한.

구씨는 다시 공장으로 들어가 뚝딱뚝딱 아무렇지 않게 일.

57. 몽타주 (낮)

#미용실. 머리를 하며 핸드폰을 하는 기정.

  톡에 '오두환'과 '염창희'를 불러 셋의 단톡방을 만들고 톡을 하는

기정	(E) 내일 오후 3시. 약속 장소는…

#창희는 회사에서 톡을 보고 바로 나가기.

  기정은 욱해서 나간 창희를 또 부르고.

기정	(E, 욱) 고백을 안 할 수도 있고! 고백했는데 별거 아니다 싶으면 아무 짓도 안 할 거라고!! 그냥 보험처럼 뒤에 있어달라고!! 고백하고 까이면 밍숭맹숭 돌아서기 쪽팔리잖아! 우당탕탕 자빠지든 쓰러지든 해서 사고로 만들어버려야지. 들 쪽팔리게!

#두환이 톡을 보는데, 창희는 또 나가기를 하고. 혼자서 난감한 상황.
　머리를 긁적이다가 뭐라고 톡을 치고.

58.　미정 회사. 사무실 (낮)

미정이 일하다가 진동으로 울리는 핸드폰을 보면 '두환이 오빠'

두환　(E) 기정이 누나, 내일 누구 만나는지 아니?
미정　(E, 별생각 없이 치며) 우리 회사 사람 만나기로 했는데. 왜?

그때 보람이 [휴가 중]이라는 팻말이 놓인 지희 책상에서 뭔가(?)를 찾
자, 미정이 같이 찾아주고. 그러는 동안 책상 위의 미정의 핸드폰에
득득거리며 서너 개의 톡이 들어오고. 다시 톡을 보는 미정. 가만히
보는 표정에서.

59.　집. 자매 방 (밤)

기정은 새로운 머리를 하고 뚱하니 미정을 외면하고 앉아 있다.
어떤 대화의 끝자락인 듯, 서로 말이 없다.

기정　(핵 돌아보며) 너랑 같은 부서도 아니래매? 너한테 불이익 줄 사
　람도 아니고! 근데 뭐어?

미정	(그냥 외면하고)
기정	(혼잣말처럼) 지는 이름도 모르는 남자랑 별짓 다 하면서… 나는 좋아한다는 말도 못 하게 씨이… 승질나면 나도 추앙하라고 해버릴까 부다.

미정은 듣기 싫은 듯 고개를 돌려버리고.
진정시키듯 가만히 있다가 책망의 시선으로 기정을 보며

미정	밥 든든히 먹구 나가. 날씬해 보이려고 굶구 나갔다가 또 진땀 빼지 말구.
기정	…!

미정은 수건을 들고 나가고, 기정은 조용히 안도감이 이는 얼굴.

60.   커피숍 외경 (낮)

61.   커피숍 (낮)

테이블엔 너바나 앨범이 있고, 그걸 보며 얘기하는 태훈.

태훈	고등학교 때 진짜 매일 듣고 살았어요. 듣다 보면… 한순간에 날 어디로 데려다 놓는데… 그 감정에 계속 붙들려 있고 싶어서

계속… 듣고 또 들었어요. (피식) 무슨 중독자처럼.

그런 태훈을 잔잔히 보는 기정. 그렇게 보고 싶어 했던 사람.
평소와 달리 조심스럽고 긴장하는 면이 있고.

기정   어떤 기분인지 알 것 같아요. 저도 며칠 동안 계속 듣게 되더라
       고요. 1번 트랙 듣는데, 저… 아래서… 뭔가 막 끓어오르는
       게… 옛날엔 이런 음악 시끄러워서 안 들었는데… '(몰입하는 눈
       빛) 뭔가 올라온다. 뭔지 모르지만. 올라온다.'
태훈   (동의) 올라오죠. 뭔지 모르지만.

       잠깐 말이 없는 두 사람.

기정   사람을 안다는 건, 참 신기한 것 같아요. 그 사람만 오는 게 아니
       고, 그 사람이 몇 개의 우주를 달고 오는 것 같아요. …너바나라
       는 우주도 달고 오고. (넌지시 마음을 드러내 보는 것)

       말없이 너바나 음반을 보는 두 사람.

태훈   …설레네요.
기정   ! (태훈을 본다)
태훈   …
기정   (드디어!)
태훈   집에 가서 들을 생각하니까… 설레요. (여전히 앨범을 보는 시선)

기정   … ('아… 아니구나…' 싶은)

그때 태훈의 핸드폰이 진동으로 울려서 받는.

태훈   음. 아냐. 금방 들어가. 음.

진짜 아니구나 싶은 기정의 표정.
#안에서 보이는, 창밖엔 한 남자가 핸드폰을 하며 등지고 있고.
  자연스럽게 천천히 창 쪽으로 돌아서는데 두환이다.
  핸드폰 보는 척하면서 기정 쪽을 보는.

62.   커피숍 근처 (낮)

창희가 멀리서 오는 두환을 보고 있는데,
두환은 시선도 안 주고 와서 옆에 앉고.

창희   어때?
두환   …서울 남자야. 느낌이 그래. (마음이 안 좋은) 누나, 안 했으면
       좋겠다. 아닐 확률이 높으니까 이런 대비책 깔아놓은 건데. 이런
       건 본인 느낌이 맞는 건데.
창희   (황당해 보는) 내가 너한테 주구장창 말했다, 그렇게! 남 얘기 되
       니까 바로 알겠냐?
두환   …

227

창희   아… 인간이여…

두환   …

창희   … (고백) 못 해. 괜히 여기까지 쫓아와서… 오란다고 오고 씨
       이…

그러다가 한쪽을 보고는 흠칫.
얼른 일어나 무심을 연기하며 두환의 오토바이에 오르고.
두환이 앞에 창희가 뒤에. 창희는 뒷좌석에서 긴장해 있고.

창희   몰라 씨이… (그래도) 신호 오나 잘 봐…

두환은 핸드폰 하는 척하며 앞에 앉아 긴장한.
[INS. 태훈은 기정에게 인사.]

태훈   편한 날짜 잡아서 연락 주세요.

기정   네. 그럴게요.

태훈   조심해서 들어가세요.

기정   네에.

태훈   (앨범을 보며 돌아서는데)

기정   (다시 돌아서며) 저기.

태훈   (돌아보는데)

기정   (OL) 아녜요. (다시 가고)

태훈   ?

기정이 제자리에서 돌아서며 '저기. 아녜요'를 반복하고.
태훈은 뭔가 싶어 기정을 보는데, 기정은 결심이 선 듯

기정   제가. 한번 머릿속에 떠오른 말은 잘 삼켜지지가 않아서요. 언젠
      간 할 것 같은데. 그냥. 지금 할게요.

태훈   ?

기정   (어색함을 불식시키려 활짝 웃으며) 혹시, 연애하실 맘 없으세요?

태훈   ?

기정   저랑요.

태훈   !!

기정   연애가 너무 거창하다 싶으면, 그냥 한번 만나보는 거?

태훈   아… 아… 지금 저 놀리시는 거 아니죠?

기정   생각지도 못한 질문인가요? 전혀 감 안 오진 않았을 것 같은데.

태훈   아… (세상에나. 몰랐음)

기정   (정말 의외) 몰랐어요? (웃음이 떨리기 시작) 내가 이렇게 웃는데?
      항상 웃었는데? (어떻게 모를 수가 있지?)

태훈   아… 죄송해요. 정말 죄송해요. 아… (손에 들린 앨범이 눈에 들어
      오고. 그래서 한걸음에. 너무 미안해진다)

기정   몰랐구나. 당황하셨겠다. 괜찮아요. 아닌 것 같았는데, 그래도
      말해보고 싶었어요. 진짜 괜찮아요. 들어가세요. 갈게요.

기정은 돌아서자마자 설움이 터질 것 같은 표정.
저쪽에 있는 창희, 이젠 힐끗거리지도 못한다.
앞에 앉은 두환만 긴장해 힐끗. 신호가 오나 안 오나.

걸어오는 기정의 표정으로 봐선 잘 안 된 게 분명한데!

태훈은 황망하고 황당한 표정으로 이걸 어떻게 해야 되나 멀어지는

기정만 보고.

그때, 어깨에 멘 가방을 내리는 기정의 손. 다른 어깨로 바꿔 드는 손.

그렇게 가방을 바꿔 메는 기정의 동작이 슬로우로 보이고.

두환   신호 왔어…

그 말에 착잡해 고개가 떨어지는 창희. 결국…

그와 동시에 오토바이가 앞으로 부웅 나가고.

울음을 꾹 참으며 오는 기정.

오토바이와 기정의 간격이 좁혀지고. 둘이 겹혀지는 데서 컷.

63.   **동네 일각 (밤)**

동네를 서성이며 마을버스가 오나 안 오나 보고 있는 미정.

그때 저 멀리 마을버스가 오는 게 보이고.

마을버스가 정류장에 멈춰 서면, 깁스(왼손)를 하고 내리는 기정.

무뚝뚝한 얼굴로 뚜벅뚜벅 집 쪽으로.

서러움을 참으며 뚜벅뚜벅.

길 중간쯤에 서 있는 미정에겐 눈길도 주지 않고 지나쳐 가고.

미정은 말없이 기정의 뒤를 따르고.

64.   커피숍 앞 (낮) - 회상

기정과 창희가 가까워지고, 둘이 겹쳐지면서, 창희가 기정의 어깨를 미는데,

기정의 가방끈이 창희의 손에 딸려 오면서, 그 끈의 힘으로 기정이 뒤로 한 바퀴 돌아서 구석에 요란하게 처박히는!!

좀 앞에서 끼익 멈춰 서는 오토바이. 긴장해 돌아보는 창희와 두환.

두 손으로 바닥을 짚고, 퍼질러 돌아앉은 자세로 가만히 있는 기정.

'이제 기절해야 되는데. 빨리 누워야 되는데'라는 심정으로 보는 창희와 두환.

태훈이 놀라서 달려오기 시작하는데!

서러움에 훌쩍이며, 어떻게 할까 고민하는 기정.

막상 어떻게 쓰러져야 될지를 모르겠다. 살짝 상체가 숙여지고.

창희는 오토바이에서 내려서 서둘러 기정에게

창희   (가까이 다가가, 낮게) 빨리 기절해… (달려오는 태훈 쪽을 힐끗. 태훈이 거의 다 오자, 급한) 빨리 기절해… (기정을 슬쩍 밀어보고)

태훈이 달려와 "괜찮아요?" 하는 동시에 확 일어나 버리는 기정.

태훈이 움찔 놀라고. 창희와 두환도 놀라는데, 기정이 순간 왼 손목을 잡으며 으억.

아파서 표정 관리도 안 되고, 얼굴이 일그러지며 눈물이 나겠는데.

태훈   괜찮아요? 봐봐요. 어디… 손? 손목?

기정   아녜요. 괜찮아요.

기정은 손목을 감싸 쥐고 허둥지둥 가버리는데.

두환   (순간) 누나!! (부르는)

그 말에 태훈이 두환과 창희를 보고! 두환은 태훈을 외면하며 정지.
어쩔 수 없이 창희가 태훈을 보는데. 그냥 멀뚱하게 보는 두 사람.

65. 자매 방 (밤)

기정이 가방을 놓고, 한 손으로 옷을 갈아입으며, 소리 안 내고 눈물
만 줄줄줄. 휴지를 뽑아 코를 팽. 미정은 말없이 기정이 부린 짐을 치
우고. 방문 앞에서 그런 기정을 가만히 보고 있던 혜숙은

혜숙   (큰 소리) 어디서 자빠졌는데?
기정   (성질) 길에서 자빠지지 어디서 자빠져?

한 손으로 하려니 옷 벗는 것도 쉽지 않고. 성질나는데, 미정이 거들
어주고.

혜숙   … (분위기가 이상하고) 근데 왜 울어?
기정   … (성질) 아프니까 울지!

혜숙은 이상하지만 더 이상 묻지 말자 싶은 시선으로 돌아서고.

기정은 또 티슈를 뽑아 눈물 콧물을 닦으며 움직이고.

미정은 괜히 덩달아 나오는 눈물을 서둘러 닦고.

66.   두환 카페 앞 (밤)

두환이 운전하는 오토바이가 천천히 카페에 들어오고.

뒷좌석에서 내리는 창희가 헬멧을 벗고 아구구… 평상으로 가 쓰러

지고. 땀에 젖은 머리. 지쳐 누워 멍하니 있는데, 옆으로 두환도 와

눕고.

역시 땀에 젖은 머리. 지쳐 멍하다.

멍한 두 사람의 눈앞에 펼쳐진, 밤하늘의 별.

그렇게 멍하니 보고 있는데, 순간 두환이 낄낄거리면서 돌아눕고. 창

희도 피식 웃음이 나는. 그러다가 낄낄낄.

둘이 평상에서 지쳐서 낄낄낄…

67.   자매 방 (밤)

기정은 홑이불을 머리끝까지 홱 뒤집어쓰며 눕고.

그렇게 정지해 있는 이불. 가끔 훌쩍이는 소리.

68. 동네 외경 (낮)

69. 두환 카페 앞 (낮)

창희, 두환, 정훈, 현아가 테이블 주변에 둘러서서 술을 마시는데,
빗방울이 떨어지는지 손을 뻗어 하늘을 보고, "어? 비 오네? 지나가"
그러고.
다시 술과 음식에 집중하는데, 조금 무거운 분위기.

정훈   …많이 다쳤대?

현아   …뿌러진 건 아니고. 살짝 금 갔대.

정훈   …어느 손?

현아   …왼손.

정훈   …다행이네. … (창희 보며) 연습 좀 하고 나가지.

창희   진짜 톡 밀었다니까. 톡. 거기서 가방끈이 끌려올지 어떻게 아
        냐?

두환   난 진짜 창희가 누나를 많이 사랑하는구나, 제대로 기절시키는
        구나… 했다.

창희   염기정이 원래 헐리우드 액션이 쎄. 어려서부터 그랬어. 싸울 때
        내가 쫌만 쳐도 으억 피 토하고 죽어. 연기는 걱정 안 했다니까.
        지가 그랬어. 툭 쳐달라고. 알아서 쓰러진다고. 믿었지! (마시고)
        기억상실증은 옘비… 쪽팔리면 쪽팔린 대로 사는 거지… 인간
        사가 원래 쪽팔림의 역사야. 태어나는 순간부터 쪽팔려. 빨개벗

고 태어나.

모두　(살짝 큭큭거리는 분위기)

정훈　미정인?

현아　남친이랑 나갔대. 남친 얼굴 좀 볼랬더니.

두환　잘생겼어.

현아　그런 거 말고. (니들) 그 사람 이름도 모른대매? 내가, 남자 좀 보 잖아. 보면, 그 남자 어린 시절부터 줄줄이 다 나온다.

정훈　무섭다. 남잘 얼마나 많이 만나면 그 정도 되는 거냐?

현아　인간이 원래 한 종자라, 한 놈을 만나도 깊--이 만나면, 공부 끝 이야.

정훈　한 종자냐?

현아　어. 한 종자더라.

정훈　야. 얘(두환)랑 나랑 한 종자야? (말이 안 된다는 듯)

현아　다-- 한 종자야. 다르다고 믿고 싶겠지만, 결국 한 종자야. 열등 감, 우월감, 자기애, 자기혐오… 정도 차이만 있지, 갖고 있는 건 똑같애. 다- 있어. 내가 만난 모든 남자들이 다-- 있었어.

그때 정훈이 한쪽을 보고는 멈칫.

기정이 오고 있다. 무뚝뚝한 얼굴로 한 손엔 깁스를 하고.

정훈　(작게) 누나 온다…

모두　(그쪽을 보고)

기정이 가까이 오자, 정훈은 부러 오--- 하며 박수를 쳐주고.

정훈	멋지십니다.

두환이 얼른 맥주를 따서 기정에게 건네고. 기정은 마시고.
그러는 동안 창희는 슬쩍슬쩍 기정을 흘겨보고

기정	넌(현아) 웬일이야?
현아	미정이 남친 보러 왔는데 튀었네요.
기정	나 보려고 온 건 아니고?
현아	것도 있고.
기정	미안하다. 생각보다 멀쩡해서. (마시고)
현아	뭐. 멀쩡하다고 치죠. 남자한테 고백하고 깁스하는 정도야 뭐.
기정	(살짝 울컥)
창희	(그런 기정을 보다가) 왜애? 기절한대매애? 기억 못 하는 척.
기정	…
창희	에으. 연기는 아무나 하냐.
기정	(욱 터지고) 이미 앉았는데 어떻게 기절해 새꺄!
창희	(뭐래?)
기정	내가. 운동신경이 살아 있더라. 순간적으로 진짜 다치겠다 싶으니까 탁! 손 짚고 앉더라. 손이 나가 그냥. 이 죽일 놈의 반사 신경. (다시 욱) 착지를 완벽하게 했는데 거기서 어떻게 기절을 해 새꺄?
창희	(보다가) 에우… 에우… 거기까지 쫓아간 내가 등신이지. (마시고)
기정	내가, 이제, 못 할 짓이 없을 것 같다. 이 나이에도 무럭무럭 자

란다. (스스로 파이팅 해보려) 이렇게 또 하나의 두려움을 까부십니다! 아무것도 아니네.

하는데 또 훅 설움이 올라와 눈물 찔끔. 얼른 눈물을 닦아내는데,

기정   (주먹 쥐고) 극복할 수 있다!!
두환   (제창해 주는) 극복할 수 있다!!
기정   (패 잡을 듯) 내가 너 땜에! 너 땜에!
두환   (도망가고) 에헤!

두환이 도망가는 동선에, 햇볕에 있는 물건이 보이고, 그늘로 옮기려는데 힘들고. 창희와 정훈이 가서 거들고. 그러는 동안 기정과 현아 단 둘이 있게 되고.
현아는 살짝 홀쩍이는 기정을 보다가

현아   …그래도 생각보다 괜찮은 것 같아서 다행이네.
기정   …한동안 잠도 못 자고, 속이 시끄러웠는데… 그게 없으니까 살 것 같애… (심호흡) 편해… 진작 까일걸.

떨리는 숨을 내쉬며 멀리 보는데 순간. 어! 정지되는 기정의 얼굴.
그쪽을 보면, 무지개가 떠 있다.

기정   …무지개다.

그 말에 현아도 그쪽을 보고.

현아   어! 무지개다.

남자들도 뒤늦게 무지개를 보고. 어!
잠잠히 보며, 이게 얼마 만에 보는 무지개냐… 그런 얘기들.
사진을 찍는 정훈과 두환.
그때 진동으로 창희의 핸드폰이 울려서 보는데.
가만히 무지개를 보고 있는 무리 틈에서, 가만히 핸드폰을 내려다보
고 있는 창희.
그리고 핸드폰을 접고, 다시 무지개를 보는 창희의 얼굴에서,
[INS. 좀 전의 핸드폰 화면: 귀하의 뛰어난 역량에도 불구하고 한정된 인
원 선발로 상품개발팀에 귀하를 모실 수 없게 되었음을 안타깝게 생각합니
다…]

창희   (무지개를 보다가) 염창희 승진 가즈아!!

70. 희선 가게 앞 + 두환 카페 앞 (낮)

#태훈이 주차한 차에서 유림이 먼저 내려 들어가고.
태훈은 따라 들어가려다가 한 곳을 보고 멈칫! 무지개다.

태훈   (얼른) 유림아! 조유림!

무지개 보라고 하려 했는데 유림은 아무 반응 없고. 혼자 보는 태훈.

#두환 카페 앞. 무지개를 보는 기정.

기정　(E) 왜 또… 사진이 찍고 싶을까요? (살짝 울컥. 포기가 안 되는 마음)

#가만히 무지개를 보는 태훈의 얼굴 위로 핸드폰 카메라가 올라오고.
　찰칵.
　그리고 다시 무지개를 보는 태훈의 얼굴.

71.　산사 (낮)

역시 잠잠히 무지개를 보는 구씨와 미정.
두 사람 모습에서 줌아웃하면, 사진 속의 어린 미정이 앉아 있던 그 툇마루.
현판이 보이면서 동일 장소임이 드러나고.

미정　가끔 그런 생각이 들어. 세 살 때… 일곱 살 때… 열아홉 살 때… 어린 시절의 당신 옆에 가 앉아서, 가만히 같이 있어주고 싶다…

구씨　…!

미정　…

구씨　있어주네 지금.

미정   ?

구씨   내 나이 아흔이면 지금이 어린 시절이야.

미정   …! (아… 그렇겠다…)

뭔가 편안히 풀려나는 것 같은 두 사람.

그렇게 잠잠히 무지개를 보는 데서.

배우 인터뷰

"창희는 가장 보통의 사람 아닐까요?"

이민기

(염창희 역)

처음엔 웃기게만 봤던 염창희가 갈수록 짠해지고 나중에는 심하게 염창희한테 감정이입이 됐다는 평이 많았습니다. 또 시청자 소감 중에 대개 배우들은 촬영하다가 컷! 하고 나면 '수고하셨습니다' 하면서 배역에서 빠져나와 바로 배우 본체로 돌아갈 것 같은데, 이민기 배우는 촬영이 끝나도 여전히 염창희로 왔다 갔다 할 것 같다는 의견이 많았습니다. 그 정도로 실존 인물 같았다는 말이겠죠. 염창희는 어떤 사람인가요? 그리고 이민기 배우와 염창희는 어느 정도 닮았나요?

창희는 가장 보통의 사람 아닐까요? 캐릭터의 면면을 보다 보면 누구나 한구석 정도는 닮았을 법한, 혹은 우리 주변에서 만나볼 수 있을 것 같은 보통의 사람이요.
처음엔 저와 다르다고 생각했었어요. 그런데 회차가 지나고 촬영이 진행될수록 점점 닮았다고 느껴지더라고요. 그 모습이 원래 저인지 창희 역할을 연기하면서 닮아간 것인지는 잘 모르겠어요.

243

창희는 세속적인 욕망과 자기 처지의 괴리를 끊임없이 말로 뱉어내요. 긴 대사를 소화하는 것이 힘들진 않으셨나요?

그렇진 않았고요. 다만 이 긴 대사가 대사가 아닌 창희가 진짜로 하는 말처럼 들렸으면 좋겠다는 바람이 있었어요.

배우님이 꼽는 명장면, 명대사는 무엇인가요?

한 장면만 꼽을 수 없을 정도로 정말 많은 명장면, 명대사가 있었습니다. 특히 작업하면서는 기정 누나 대사를 재미있어하고 좋아했던 것 같아요. 예를 들면, "난 조선시대가 맞았어. '오늘부터 이 사람이 네 짝이다' 그러면 '예, 열렬히 사랑하겠습니다' 그리고 그냥 살아도 잘 살았을 거 같애. 사람 고르고 선택하는 이 시대가 난 더 버거워" 같은 대사요. 좋아하는 장면은 세월이 흐른 뒤 서울의 편의점에 등장하는 창희의 모습, 그 장면을 좋아합니다. 말로 설명하진 않지만 그 속에서 느껴지는 세월의 무게, 흔적 같은 것이 보여서요.

작품을 찍고 나서 생긴 변화랄까요, 그런 게 있나요?

특별한 변화는 없었던 것 같아요. 질문과는 별개로, 방영 후에 애청자분들을 뵐 때가 있었는데요. 저보다 더 이 작품을 그리고 창희를 애정하는 것 같다고 느껴질 때가 있었어요. 그때마다 참 감사했습니다.

해방이 필요할 때 무엇을 하시나요?

요즘에는 산을 오릅니다. 너무 좋아요. 얼마 전에 지인분이 창희 때문이냐며 산으로 돌아간다더니, 그래서 산을 타는 거냐고 해서 웃었던 기억이 있네요.

너무 감사합니다. 작품 속 감정들을 같이 공유할 수 있어서
기뻤습니다. 늘 건강하시고 행복하세요.

스필젯

나의 해방일지

2

초판 1쇄 발행　2023년 1월 27일
초판 7쇄 발행　2024년 9월 30일

지은이　박해영
펴낸이　김선식

부사장　김은영
콘텐츠사업본부장　임보윤
책임편집　박하빈
콘텐츠사업2팀장　김보람
콘텐츠사업2팀　박하빈, 이상화, 채윤지, 윤신혜
편집관리팀　조세현, 김호주, 백설희
저작권팀　이슬, 윤제희
마케팅본부장　권장규
마케팅2팀　이고은, 배한진, 양지환
미디어홍보본부장　정명찬
브랜드관리팀　오수미, 김은지, 이소영, 서가을
지식교양팀　이수인, 염아라, 석찬미, 김혜원, 박장미, 박주현
뉴미디어팀　김민정, 이지은, 홍수경, 변승주
재무관리팀　하미선, 윤이경, 김재경, 임혜정, 이슬기, 김주영, 오지수
인사총무팀　강미숙, 지석배, 김혜진, 황종원

제작관리팀　이소현, 김소영, 김진경, 최완규, 이지우, 박예찬
물류관리팀　김형기, 김선민, 주정훈, 김선진, 한유현, 전태연, 양문현, 이민운
외부스태프　김은하(교정교열)

펴낸곳　다산북스
출판등록　2005년 12월 23일 제313-2005-00277호
주소　경기도 파주시 회동길 490
대표전화　02-704-1724　팩스　02-703-2219
이메일　dasanbooks@dasanbooks.com
홈페이지　www.dasanbooks.com
블로그　blog.naver.com/dasan_books
종이　아이피피　인쇄　북토리
코팅·후가공　제이오엘엔피　제본　국일문화사
ISBN　979-11-306-9617-1 04810
979-11-306-9606-5 (세트)